T3-BAN-003

ESTE DIARIO PERTENECE A:

Nikki J. Maxwell

PRIVADO Y CONFIDENCIAL

SE RECOMPENSARÁ
su devolución en caso de extravío

(¡¡PROHIBIDO CURIOSEAR!!☹)

Rachel Renée Russell

diario de NIKKI 6

UNA ROMPECORAZONES NO MUY AFORTUNADA

WITHDRAWN

RBA

Este libro es una obra de ficción. Todas las referencias a sucesos históricos y personas o lugares reales están utilizadas de manera ficticia. El resto de los nombres, personajes, lugares y eventos son producto de la imaginación, y cualquier parecido con sucesos y lugares reales, o personas vivas o fallecidas, es totalmente fortuito.

Título original: Tales from a NOT-SO-Happy Heartbreaker

Publicado por acuerdo con Aladdin, un sello de Simon & Schuster Children's Publishing Division, 1230 Avenue of the Americas, Nueva York NY (USA)

© del texto y las ilustraciones, Rachel Renée Russell, 2013.

© de la traducción, Isabel Llasat Botija, 2014.

Diseño: Lisa Vega

Maquetación y diagramación: Anglofort, S. A.

© de esta edición, RBA Libros, S. A., 2014.

Avenida Diagonal, 189. 08018 Barcelona

www.rbalibros.com   rba-libros@rba.es

Primera edición: marzo de 2014.

Séptima edición: julio de 2015.

Los derechos de traducción y reproducción están reservados en todos los países.

Queda prohibida cualquier reproducción, completa o parcial, de esta obra.

Cualquier copia o reproducción mediante el procedimiento que sea constituye un delito sujeto a penas previstas por la ley de la Propiedad Intelectual.

Ref: MONL166

ISBN: 978-84-272-0444-7

Depósito legal: B.6.116-2014

Impreso en España – Printed in Spain

A mi tía Betty y a mi tío Phil.
Gracias por estar siempre a mi lado
y por tratarme como si fuera vuestra hija.
¡Os quiero mucho!

AGRADECIMIENTOS

¡Me parece increíble que ya tengamos un sexto Diario de Nikki! Quiero expresar mi agradecimiento a los siguientes miembros del Equipo Pedorro:

¡A mis admiradoras PEDORREICAS de todo el mundo! ¡Cada una de vosotras sois alguien especial para mí!

A Daniel Lazar, mi agente ideal (gracias por apoyar mis ideas a veces extravagantes); a Liesa Abrams Mignogna (también conocida como Batgirl), mi divertida y fabulosa editora (quien logra que el trabajo NO parezca trabajo); a Jeanine Henderson, mi superrápida y talentosa directora artística (que ha sobrevivido a este libro para contarlo);

a Torie, megaorganizada amiga por correspondencia; y a Deena Warner, el hada de mi web.

A Mara Anastas, Carolyn Swerdloff, Matt Pantoliano, Katherine Devendorf, Paul Crichton, Fiona Simpson, Lydia Finn, Alyson Heller, Lauren Forte, Karin Paprocki, Lucille Rettino, Mary Marotta y a todo el equipo de ventas, además del resto de la gente de Aladdin/Simon & Schuster. ¡Qué suerte tuve de que VOSOTROS me eligierais A MÍ!

A Maja Nikolic, Cecilia de la Campa y Angharad Kowal, mis agentes internacionales de Writers House, por seguir reclutando nuevas Nikkis, de país en país.

Y, por último, cómo no, ¡a toda mi PEDORRA familia! Gracias por ser la inspiración de esta serie.

¡Y no os olvidéis de dejar asomar vuestro lado PEDORRO!

SÁBADO, 1 DE FEBRERO

¡MADRE MÍA! ¡Me ha dado un ataque de AMORITIS agudo!

Esta mañana parecía que tuviera mil hormigas en el estómago, ¡tantas que he pillado un SUPERmareo! ¡☹! ¡Pero en el BUEN sentido de la palabra! ¡☺!

Me sentía tan estúpidamente feliz que casi... VOMITO rayos de sol, arcoíris, confeti, purpurina y... mmm... ¡esas deliciosas gominolas de colores!

Aún no me lo puedo creer: Brandon, mi amor secreto, me envió anoche un mensaje cuando volví de su fiesta de cumpleaños.

¡¡¡Y no adivinarás NUNCA lo que decía!!!

¡¡ME INVITABA A IR CON ÉL AL CRAZY BURGER!! ¡¡YAAAAJUU ☺!!

Sí, ya sé que NO es una cita romántica de verdad ni nada parecido. ¡PERO...!

1

Estaba TAN eufórica que he puesto mi música favorita
A TOPE y he empezado a bailar por toda la habitación...

2

¡Aquello era una PASADA! ¡Bailaba y punteaba mi guitarra imaginaria como una POSESA!

Después de bailar una hora entera,
estaba tan cansada que casi no
podía ni respirar.

Y me he derrumbado como un saco,
un saco exhausto, jadeante
y empapado en sudor...

¡AJ! ¡AJ!
¡¡COF!!
¡¡COF!!

Un saco exhausto, jadeante y empapado en sudor,
¡pero muy FELIZ!

YO, ¡¡CON UNA SONRISA PEDORRÍSIMA
PLANTADA EN MITAD DE LA CARA!!

¿POR QUÉ? Porque en cualquier momento Brandon
se iba a poner en contacto conmigo para quedar en el
Crazy Burger.

¡YAAAAJUU! ¡☺!

Así que me he acurrucado en el sillón con el móvil en la
mano dispuesta a esperar pacientemente su llamada.

Y ESPERADO...

(cuatro horas después)

¡¡Y ESPERADO!!

(seis horas después)

7

A la que me he dado cuenta, ya era hora de acostarse.
Me sentía como si llevara ¡¡TODA LA VIDA esperando!!

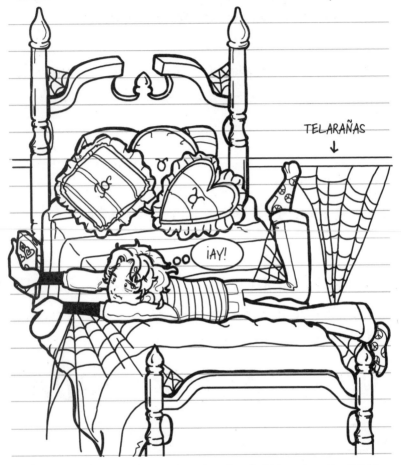

YO, HUNDIDA EN LA CAMA Y EN LA MISERIA

¡Pero nada! Ni una llamada telefónica ni un *mail*...
¡¡¡Ni siquiera un sms!!! ¡Hasta he mirado si me había
quedado sin batería!

Por desgracia, la última llamada registrada era de mis BFF, Chloe y Zoey. Me habían telefoneado ayer por la noche con un cotilleo MUY jugoso.

Se ve que, poco después de que yo me fuese, apareció alguien por sorpresa en la fiesta de Brandon para llevarle un regalo.

Adivina quién era...

¡MACKENZIE! ¡¡☹!!

Sí, claro, fue un detalle muy dulce y bonito por su parte. Pero se le había pasado por alto otro pequeño detalle bastante importante...

¡NO ESTABA INVITADA! ¡¡☹!!

Es decir, DOÑA CONTONEOS se había presentado POR LA CARA en la fiesta de Brandon. ¡Toma ya!

Mis BFF me contaron que Mackenzie empezó a

enrollarse el pelo, soltar risitas y flirtear con Brandon como una loca. Luego se puso superseria y le dijo ¡que tenía que hablar con él EN PRIVADO sobre algo muy importante!

¡GENIAL! ¡☹! ¡Ahora sí que empiezo a ~~preocuparme~~ ASUSTARME!

¿Y si Mackenzie le contó alguna horrible mentira sobre mí para que ya no quiera ser mi amigo?

Siempre está largando a mis espaldas, diciendo cosas como: "¡Nikki es un caso perdido de tan PEDORRA, insegura, poco fashion y diariomaníaca que es!".

¡Y NO es cierto! Bueno..., a lo mejor, un poco. ¡Vale! ¡Es MUY cierto! ¡PERO...!

¡¿POR QUÉ ha tenido que pasar todo esto justo cuando Brandon y yo íbamos a tener nuestra primera cita que en el fondo no es una cita?! ¡☹!

¡PORFA, PORFA, PORFA! ¡¡Que Brandon me llame mañana!!

DOMINGO, 2 DE FEBRERO

Llevo despierta

7 horas, 11 minutos y 39 segundos

¡y Brandon sigue SIN llamarme! ¡¡☹!!

Empiezo a pensar que debe de haberle pasado algo MALO.

Porque creo que de verdad él QUERÍA llamarme.

Y que de verdad INTENTÓ llamarme.

¡Pero NO PUDO!

Porque quizá... no sé, tal vez... lo hayan abducido unos...

¡EXTRATERRESTRES! ¡¡☹!!

¿Qué pasa? ¡No te rías!

¡Puede que sí haya ocurrido eso!

"¡VAYA! ¡QUÉ MALA SUERTE! ¡SE ME HA CAÍDO EL
MÓVIL Y AHORA NO PUEDO LLAMAR A NIKKI!".

A pesar de estar sufriendo un ataque agudo de amoritis y de tener un día muy MALO, mis padres me han OBLIGADO a cuidar de mi hermanita Brianna.

¡Y todo para poder salir juntos al cine! ¿No te parece totalmente INSENSIBLE por su parte? A veces creo que mamá y papá deberían ir a un curso de formación de padres o algo así.

La última vez que intenté hablar con Brandon por teléfono, estando Brianna cerca, fue un desastre total. ¡Hasta le contó lo de que tengo muchas legañas y pelo en las piernas! ¡Fue TAN humillante!

Últimamente Brianna se ha obsesionado con esos programas de la tele sobre peluquería para famosas. ¡Y no te lo pierdas! ¡Se hace llamar Mademoiselle Bri-Bri, la Estilista más *Fashion* de las Estrellas!

Me ha sorprendido un montón verla entrar en el cuarto de baño de mis padres para robarles el champú, el perfume y demás. Es como si acabara de presenciar un auténtico ¡MILAGRO!

¡POR FIN Brianna iba a mejorar su ESPANTOSA higiene personal! ¡☺!

¡YUJUU!

Sin embargo, al cabo de un buen rato me he asomado a su habitación y Brianna ¡había DESAPARECIDO!

En su lugar, me he topado con una extraña mujercita. Llevaba puestas unas gafas de ojos de gato y unos diamantes falsos, un fular largo, unas zapatillas cuatro números más grandes y un delantal para pintar en el que había metido los mejores cosméticos de mamá.

No sabía QUIÉN diablos era.

Quería gritar: "¿Quién es USTED? Y ¿qué le ha hecho a MI hermanita?!".

Pero las tripas me decían que lo mejor sería que saliera corriendo y ¡llamara a la POLICÍA!

Y entonces me ha dicho con una enorme sonrisa...

"¡BONYUR, MAMUASEL NIKKI!
¡BIENVENIDA AL SALÓN BRIANNA!".

Había salido huyendo hasta la mitad del pasillo cuando Brianna me ha alcanzado. Me ha agarrado del brazo y me ha arrastrado hasta su habitación.

"¡Oh, queguida! ¿Adónde vas? ¡No te pegocupes!", ha dicho Brianna con un supuesto acento francés que recordaba más bien a un robot exterminador.

"¿Estás jugando con el maquillaje y el perfume nuevos de mamá? Ya SABES que te MATARÁ cuando se entere, ¿verdad?", le he dicho.

"¡No impogta, queguida! ¡Mamuasel Bri-Bri te está espegando! ¡Güi, güi! ¡Pog aquí!", ha dicho empujándome hasta la silla de ~~escritorio~~ peluquería.

De fondo se oían canciones de moda en versión infantil, y las paredes estaban llenas de dibujos con peinados espantosos que Brianna había hecho para crear un ambiente de peluquería de altos vuelos.

No me he dado cuenta de que eran un AVISO sobre las verdaderas cualidades como estilista de *Mademoiselle Bri-Bri*. Se me ocurrían nombres para cada uno de ellos...

← Estilo FEO

Estilo
MÁS FEO
↓

↑
Estilo PEOR QUE FEO

"No te pegocupes, queguida", ha dicho Mademoiselle
Bri-Bri. "¡Te voy a poner GUAPA DE LA MUEGTE!
Para tu amiguito Brandon, ¿güi?".

¡¡¿Para BRANDON?!! Me he puesto supercolorada.

Total, SOLO era jugar a peluquerías con *Mademoiselle Bri-Bri*, la Estilista más *Fashion* de las Estrellas...

¡Tampoco podía ser tan MALO!

"Vale. ¡Pero únicamente lo SIMULAMOS!", he gruñido.

Con suerte, esto tendría ocupada a Brianna hasta que volvieran nuestros padres. ¡Y era MENOS peligroso que hacer galletas y VOLVER a estar a punto de quemar la casa!

"¡¡BIENNN!! ¡Mi primera clienta!", ha gritado ~~Brianna~~ *Mademoiselle* Bri-Bri. "Antes de empezar, queguida, ¿te apetece beber algo? ¿Un zumito? ¿Una Fanta? ¿Un batido de chocolate?".

"Un batido de chocolate, por favor", he contestado.

"¡Hans! Tráele un batido de chocolate a nuestra clienta *Mamuasel* Nikki. ¡Bien frío!", le ha ordenado al osito de peluche que había sentado junto a mí.

El osito... quiero decir... Hans... no ha movido ni un dedo.

"¿Qué pasa?", le ha dicho mirándolo mal. "¡No te quedes ahí pasmado! ¡Ve *AHOGA* mismo!".

Me ha dirigido una sonrisa de circunstancias. "Disculpe a mi ayudante Hans. Es nuevo. Es fagancés y aún no entiende mucho nuestro idioma".

He mirado primero al osito y luego a ella y he alzado una ceja. "Esto... ¿empezamos?", le he dicho.

"Ya sé lo que voy a hacer con tu pelo, queguida", ha dicho Brianna mientras me colocaba ~~una toalla de manos~~ un peinador sobre los hombros. "Relájate y deja que *Mamuasel* Bri-Bri se ocupe de todo". "Hans, por favor, alcánzale esa revista a... ¡Deja, es igual, ya lo hago yo!".

Brianna me ha pasado una revista guay para adolescentes, como en una pelu de verdad. Me ha impresionado, hasta que me he dado cuenta de que había robado MI nueva revista *Cosas Nuestras* de la habitación. ¡Será LADRONA!

Aunque confieso que *Mademoiselle* Bri-Bri, la Estilista más *Fashion* de las Estrellas, parecía saber lo que hacía...

YO, EN EL SALÓN DE BRIANNA

Entonces he visto un interesantísimo artículo sobre
—sí, lo has adivinado— ¡CHICOS!

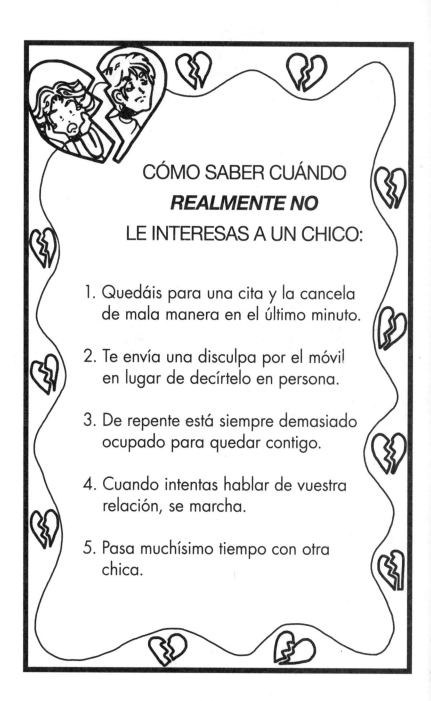

CÓMO SABER CUÁNDO
REALMENTE NO
LE INTERESAS A UN CHICO:

1. Quedáis para una cita y la cancela de mala manera en el último minuto.

2. Te envía una disculpa por el móvil en lugar de decírtelo en persona.

3. De repente está siempre demasiado ocupado para quedar contigo.

4. Cuando intentas hablar de vuestra relación, se marcha.

5. Pasa muchísimo tiempo con otra chica.

Aquel artículo era tan... ¡¡IMPACTANTE!

Solo un chico DESPRECIABLE haría esas cosas.

Me he sentido tan afortunada por no tener que superar ningún DTD (Drama de Tío Disfuncional) en mi PROPIA vida.

He arrancado la hoja de la revista, la he doblado y me la he metido en el bolsillo. Para futura referencia. Por si acaso.

De repente, he sentido un pequeño tirón en el pelo.

¡Luego uno enorme!

"¡Ay!", he gritado. "¿QUÉ haces, Brianna?".

"¡Ponegte guapa, queguida! ¡No ha pasado nada! ¡Qué va, nada de nada! ¡No te preocupes!".

Pese a sus esfuerzos por tranquilizarme, su falso acento empezaba a titubear y yo, a asustarme.

22

Luego he sentido otro tironcito y de pronto...¡CHAS!

¡Me ha caído una trenza sobre la falda!

¡Me he quedado sin respiración!

Con la mano temblorosa, he cogido la trenza y he
REZADO para que fuera la de otra persona.

Como, por ejemplo, de Hans, el osito de peluche que
habla francés y no ayuda nada...

"¡¿Qué es ESTO?!", le he gritado a Brianna sin
apartar la vista de la trenza.

"¡Guien, nada! Lo tiro ahoga mismo, ¿güí?". Me ha
quitado la trenza de la mano y la ha lanzado hacia
atrás. "¡Ya no está!".

"¡Brianna! ¡Dame ese espejo enseguida! ¡O esto
acabará mal!", he aullado con los ojos desorbitados.

Brianna me ha pasado el espejo con una risita
nerviosa.

BRIANNA PASÁNDOME EL ESPEJO

Me he mirado un segundo en el espejo y...

¡MADRE MÍA! ¡¡☹!!

No tengo palabras para describir la HORRIBLE pinta que tenía.

O sí. A ver...

¡ESPANTOSORRIBLE!

¡Que es diez veces peor que solo ESPANTOSO!

No podía creer el terrible DESASTRE que estaba viendo en el espejo.

Pensaba que me iban a reventar los ojos en cualquier momento por estar expuestos a aquella enorme e increíble...

¡¡FEALDAD!!

¡¡AAAAAAH!!

(ESA SOY YO GRITANDO)

¡Y por detrás, era aún peor! Tal y como me temía, faltaba un gran mechón de pelo...

↑
FALTA
UN MECHÓN

He estado a punto de tirarme al suelo para buscar a rastras el mechón cortado.

Lo pondría en un cubo con hielo y saldría pitando hacia el ambulatorio más cercano por si los médicos podían volver a coserlo en su sitio.

"POR FAVOR, DOCTORES, ¡NECESITO UNA
OPERACIÓN URGENTE QUE PONGA EN SU SITIO
LA TRENZA, ANTES DE QUE MIS FOLÍCULOS
—O COMO SE LLAMEN— SE MUERAN!".

"¡Mi pelo! ¡Mi pobre pelo!", he sollozado. "Brianna, ¡estoy TAN enfadada contigo que...! ¡ARRRRJJ!".

"¡Queguida! ¡Pog favog! ¡Aquí no se lloga! ¡Pego aceptamos propinas!", dijo con una sonrisa *Mademoiselle Bri-Bri* mientras me tendía la mano. "¿Tienes el *dinego* justo?".

¡¡Esperaba que le pagara!!

¡Con lo FURIOSA que me sentía!

No quería saber nada de Brianna ni de:

1. su acento francés de pacotilla,

2. sus peinados espantosos,

3. su ayudante gandul e inútil, el tal Hans.

"¡Los peinados de *Mademoiselle Bri-Bri* siempre son magavillosos! Te hagué una FOTO de lo guapa que estás", ha dicho Brianna mientras cogía mi móvil de su tocador y lo ponía en modo cámara...

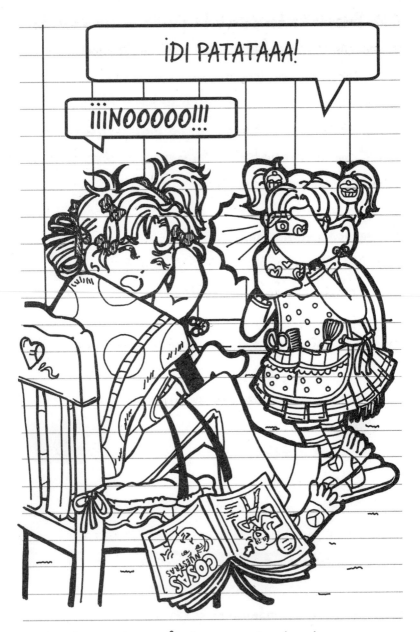

Se ha disparado un *flash* que me ha dejado ciega.

Y ahí Brianna ha tenido suerte, porque en ese momento estaba tan y tan enfadada que solo quería hacerle mi propio corte de pelo ¡con una sierra mecánica!

"Nikki, ¿este es el botón que se aprieta para mandar cosas?", me ha preguntado. "Quiero enviar esta foto a Chloe y a Zoey para aumentar el número de clientas".

¡Entonces ha sido cuando he pasado de furiosa a PÁLIDA! "Brianna, ¿estás LOCA o qué? ¡Ni se te ocurra enviar esa foto a NADIE!".

"¿Por qué no? Necesito más clientas para ganar dinero. ¿Cómo voy a pagar si no a la señorita Penélope, que me ayuda a lavar cabezas?".

"¡¡Devuélveme el teléfono!!", he gritado arrancándole el móvil de las manos.

"¡Mami dice que hay que compartir!", ha gritado Brianna mientras me lo volvía a quitar.

Hemos estado increpándonos y forcejeando por el móvil durante lo que parecía una ETERNIDAD...

BRIANNA Y YO
PELEÁNDONOS POR MI MÓVIL

... que se ha terminado de golpe cuando hemos oído primero un ¡CLIC! y luego un ¡BIIIP! ¡Casi me da un infarto allí mismo!

Dicen que una imagen vale más que mil palabras.

¡Pues la mía valía mucho más que un millón de carcajadas!

¡Parecía como mínimo una... PAYASA VAGABUNDA Y CHIFLADA... que, sin querer, hubiera metido toda la zarpa en un ENCHUFE!

Chloe y Zoey me han enviado inmediatamente mensajes de "JA JA JA".

Ellas siempre me envían fotos divertidas por el móvil.

Pero lo que me tenía SUPERpreocupada era que Brandon alucinase tanto al ver esa foto que ¡ya NUNCA quisiera salir conmigo!

De hecho, todavía no me había llamado ni enviado un mensaje, ni de *mail* ni de móvil, en todo el fin de semana.

Estaba tratando de decidir entre volver a poner en su sitio el mechón de pelo con un poco de pegamento o bien cambiar de peinado para tapar la calva que había dejado cuando he oído una señal del móvil.

¡MADRE MÍA!

Del salto que he pegado casi toco el techo. ¡Era un mensaje de BRANDON!

¡¡Por fin!!

¡¡YAAAJU!! ¡☺!

Se me salía el corazón mientras lo abría.

He tenido que leer su críptico mensaje nada menos que tres veces para poder asimilarlo.

OH.

NO.

¡¡IMPOSIBLE!!

He cerrado los ojos apretando los párpados... y he soltado un profundo suspiro, como si fuera un... gorila herido de muerte. ¿Cómo ha podido hacerme esto a mí?

Enseguida he identificado el comportamiento de Brandon con aquel artículo de la revista: "Cómo saber cuándo realmente NO le interesas a un chico":

1. Quedáis para una cita y la cancela de mala manera en el último minuto.

2. Te envía una disculpa por el móvil en lugar de decírtelo en persona.

Vale, ya podía tachar los puntos 1 y 2.

Quizás a Brandon le diera vergüenza que lo vieran con una chica, tirando a boba y básicamente insegura, que NO ERA PARA NADA una GPS (Guapa, Popular y Simpática) como Mackenzie.

O quizá la imagen de la furgoneta de control de plagas de mi padre, con una cucaracha de plástico del tamaño de un jabalí gigante, le hubiera quitado el apetito.

¡Para siempre!

De pronto me sentí ¡¡TAN TONTA!!

¡¿Cómo había podido llegar a pensar que Brandon QUERRÍA ir a ninguna parte CONMIGO?!

Total, que llevo una hora trabajando en una Ecuación de Rechazo del Amor Platónico para ver si entiendo lo que ha pasado.

Estas operaciones son SUPERdifíciles. Oye, ¿quién sabe? A lo mejor, todos los esfuerzos invertidos en esta ecuación me hagan ganar un día el premio Nobel de mates...

MI MÓVIL →

BRANDON MÁS NIKKI DIVIDIDO ENTRE CUALQUIER
MENSAJE DE TEXTO IGUAL A...
¡UN CORAZÓN ROTO!

¿Por qué resulta TAN complicado todo esto de los
chicos? Claro que podría escribir a la sección de la
Señorita Sabelotodo y pedirme a mí misma un consejo
amoroso.

Básicamente, ya que mis dos amigas Chloe y Marcy
me rogaron que les prestara la sección durante todo
el mes de febrero.

Están realizando una sección especial para los consejos de la Señorita Sabelotodo titulada "Crisis con tu amor platónico", lo que significa que me puedo tomar todo el mes libre.

En fin, mi carta sería, más o menos, algo así:

Querida Señorita Sabelotodo:

¿Por qué el amor es algo tan DESASTROSO?

¡Socorro!

Firmado:

¡Una pedorra con el corazón roto! ¡☹!

Estoy realmente hecha polvo por lo del mensaje de Brandon.

La verdad es que quería concederle el beneficio de la duda, pero el artículo de la revista no me dejó.

Decidí fingir que toda esa historia del Crazy Burger no había pasado nunca e ignorarla POR COMPLETO.

Pero, cuando he llegado al colegio, lo primero que he visto es que TODOS los chicos se comportaban de forma muy extraña. Hasta los más cachas y chuletas formaban grupitos y hablaban en voz baja entre sí.

Todos miraban nerviosos hacia un mogollón de gente que se había amontonado en el pasillo.

Pero ¿QUÉ estaba pasando? Y ¿¡DÓNDE estaban las CHICAS?!

La verdad es que aquello era muy... RARO.

He dejado allí plantados a todos los chicos y he decidido ir a ver qué pasaba...

Casi todas las chicas del insti hacían cola para comprar las entradas para el Baile de San Valentín.

Jordyn, la que se sienta a mi lado en geometría, me ha enseñado sus entradas y me ha dicho emocionada...

"NIKKI, ¡ES EL BAILE MÁS POPULAR DEL AÑO! ¡MÁS VALE QUE COMPRES LAS ENTRADAS PRONTO, PORQUE SUELEN AGOTARSE EN POCOS DÍAS!".

Jordyn tenía razón en lo de que el baile era muy popular, porque la cola era tan larga que salía de la secretaría, daba la vuelta entera a la biblioteca y llegaba hasta la puerta misma de la cafetería. ¡Parecía la cola de un concierto de Justin Bieber! Pero lo más fuerte de todo era que en este baile...

¡LAS CHICAS INVITABAN A LOS CHICOS!

Lógicamente, a mí me ha entrado el ¡PÁNICO! Por desgracia, el ÚNICO chico que me interesa un poquito ¡no ha podido ni comer una hamburguesa conmigo! ¡☹!

¡Imagínate si lo invito al baile de San Valentín!

Como todo ese rollo tan empalagoso me estaba poniendo nerviosa, he decidido ir a la taquilla a por mi diario para desahogarme antes de la primera clase.

Pero NO ha sido una buena idea... Mackenzie había forrado su taquilla con tantos corazones brillantes de color rojo y rosa que casi me deja ciega. ¡Hasta su brillo de labios era escarlata!

←YO

¿CÓMO se supone que iba a escribir en mi diario con
ELLA al lado y ese REPIQUETEO y TINTINEO
constante de todas sus baratijas y abalorios?

Pero, espera, que con lo que ha pasado después fliparás todavía más. Va la tía, arruga la nariz y me esparce por encima su perfume de marca Veneno n.º 5, sin querer-queriendo, claro.

¿Cómo se atreve? Al final, no lo he podido evitar.

"¡Mackenzie, ya podrías tener más cuidado cada vez que te echas eso!".

"¡Perdona, Nikki! Es que hoy apestas un poquito más de lo normal. Y no tenía a mano ningún spray desinfectante".

"Pues yo preferiría un desinfectante, la verdad, antes que eso que llevas. ¿Cómo se llama? ¿Control Antipulgas?", he contraatacado.

Llamar a Mackenzie retorcida es un eufemismo. Es un tiburón asesino con vaqueros ajustados, zapatos de plataforma y brillo de labios.

Se ha dado la vuelta de golpe y se me ha encarado, acercándose más que una crema antigranos...

"¿QUÉ, NIKKI? ¿PIENSAS IR AL BAILE DE SAN VALENTÍN? ¡AY, ESPERA! ¡PERO SI NO ADMITEN ANIMALES...!".

"De hecho, Mackenzie, esa peste que estabas notando no era mía. ¡Te sale a ti de la boca! Está claro que sufres un ataque de ENVENENAMIENTO DE LENGUA! ¿No será contagioso?".

Mackenzie me ha lanzado una de sus miradas asesinas. "¡Confiésalo, Nikki! Estás celosa porque a

Brandon le gustó la cámara digital que le regalé para su cumpleaños MUCHO MÁS que TU tontería de vales de regalo para el CAQUI BURGER".

"No es CAQUI Burger, ¡es CRAZY BURGER!", le he dicho, preguntándome cómo lo sabía. ¿Le habría comentado Brandon que pensábamos ir juntos al Crazy Burger para utilizar los vales regalo?

"Como se llame, me da igual. ¡Tu regalo era TAN vulgar! Yo, sin embargo, le he comprado la cámara para que pueda hacerme fotos cuando me coronen Princesa de San Valentín. Y ya lo he invitado, lo sea, que ni te lo plantees!".

Del impacto recibido me ha costado reaccionar. ¡¿Mackenzie ya había invitado a Brandon al baile?!

Y él, ¿qué había dicho? ¿Qué SÍ o que NO? ¡¿O que A LO MEJOR?! Eso no lo decía, claro, la muy...

Pero, de repente, todo empezaba a cobrar sentido.

Seguro que cuando Mackenzie le dijo a Brandon en su

fiesta de cumpleaños que quería hablarle en privado,
¡era para invitarlo al Baile de San Valentín!

Y, por descontado, si pensaban ir juntos al baile, era
IMPOSIBLE que ella le dejara salir CONMIGO al
Crazy Burger.

¡Por eso me había enviado aquel mensaje! ¡☹!

He cerrado los ojos, he inspirado hondo y me he
mordido el labio.

Una rabia enorme me ha recorrido todo el cuerpo.

¡Mackenzie NO es mi jefa! ¡Estamos en un país libre!
¡Puedo invitar al baile a quien me DÉ LA GANA!

Brandon me ha dejado plantada, vale...

Pero ¿Y QUÉ?

No veía ninguna razón para no acabar de
HUMILLARME INVITÁNDOLO de todas formas.
¿Lo hago o no?

¡¡Pues NO!! Si Mackenzie y Brandon quieren estar juntos, no seré YO quien se interponga en su cami...

En ese momento, Mackenzie ha interrumpido la profunda discusión que mantenía conmigo misma. "Por cierto, Nikki, te quería recordar una cosita: no olvides votar por MÍ como Princesa de San Valentín el día catorce. Todo el mundo me votará. ¡Soy TAAAN popular!", ha vomitado Mackenzie.

Se ha apartado el pelo de la cara y se ha ido contoneándose. ¡Cómo ODIO que haga eso!

Era desesperante que Mackenzie intentara boicotear mi amistad con Brandon ¡OTRA VEZ!

¿Y si yo también lo invitaba al baile? ¡Así se vería obligado a elegir!

DOS chicas desesperadas y UN chico ¡ESTUPENDO! ¡☹!

Al final, solo me quedaba una pregunta muy obvia y fundamental.

¿Por, qué NARICES me pedía Mackenzie a MÍ que votara por ELLA como Princesa de San Valentín cuando era evidente que me ODIABA a muerte?

¡Qué mareo de tanto darle vueltas! Tenía tal LÍO en la cabeza que necesitaba hablar urgentemente con mis BFF, Chloe y Zoey.

Aparte de mí, seguro que eran las ÚNICAS chicas del instituto cuyo cerebro no se había DERRETIDO aún ante la fiebre general por el Baile de San Valentín.

Yo estoy HARTÍSIMA de lo del día de San Valentín... ¡¡y todavía faltan dos semanas!!

¡☹!

Lo confieso: me equivoqué POR COMPLETO creyendo que Chloe y Zoey no iban a sufrir la Fiebre de San Valentín.

Están tan obsesionadas con el baile que su cerebro parece MÁS DERRETIDO aún que el de las demás chicas del insti embobadas ante tanta chorrada romántica. ¡☹!

Lógicamente, me he quedado de piedra al descubrirlo.

Me he dado cuenta en clase de EF. Hoy tocaba natación y estábamos en la piscina del WCD para hacer una serie de ejercicios de calentamiento en el agua y nadar unos largos.

Pero Chloe y Zoey estaban TAN emocionadas con el baile que nos hemos pasado la hora ENTERA cotilleando al borde de la piscina.

A mí ya me iba bien, porque esto de nadar no es precisamente lo mío...

CHLOE, ZOEY Y YO, EN CLASE
DE NATACIÓN, HACIENDO UNOS LARGOS
(A NUESTRA MANERA)

El caso es que, aunque ambas tenían muy claro que QUERÍAN y QUERIAN ir al baile, aún NO habían comprado las entradas.

¿Sabes POR QUÉ? Porque NO querían ir ¡SI no iba YO TAMBIÉN!

En cualquier caso, yo estaba en plan: "¡Venga, CHICAS! Si las dos queréis ir, ¡vais y ya está! ¡Seguro que os lo pasáis superbién!".

"¡Pero sin ti no es lo mismo, Nikki!", ha protestado Chloe.

"¡Vamos, Nikki! ¡Somos BFF! Se supone que lo hacemos TODO juntas", ha insistido Zoey.

En ese momento, se me ha agotado la paciencia y les he gritado: "¿En serio? Entonces, si me tiro por la ventana, ¿vosotras también os tiraréis? Y si me atropella un autobús, ¿también querréis que os atropelle a vosotras? ¡Ya está bien, chicas! ¡Somos BFF, no CLONES! ¡Y ya va siendo hora de que crezcáis y os busquéis la vida por vuestra cuenta!".

Pero, por supuesto, solo les he hablado así en el interior de mi cabeza y nadie más lo ha oído.

Aunque algunas veces se pongan un poco pesadas, NUNCA les diría nada que pudiera ofenderlas. Después de todo, ¡son mis BFF!

"Además, estoy CONVENCIDA de que vas a invitar a tu queridísimo Brandon al baile", ha dicho Chloe lanzando besos al aire.

"¡SÍ!", se ha reído Zoey. "Todo el mundo vio cómo os intercambiabais miraditas DULCES en su fiesta de cumpleaños".

¿He dicho alguna vez que mis BFF se pueden poner ~~un poco~~ SUPERpesadas?

"¡NO nos estábamos intercambiando miraditas dulces!", he gritado en voz baja poniéndome roja.

"¡Claro que SÍ!", me han contestado las dos al unísono.

"¡Claro que NO!".

"¡Claro que SÍ!".

"¡Claro que NO!".

"¡Claro que SÍ!".

¡Aquella tontería de discusión ha durado lo que parecía una ETERNIDAD!

"¡Vale, ya está bien!", he dicho rindiéndome. "Puede que Brandon y yo nos mirásemos un par de veces. Pero fue sin querer. Un poco sin querer". He aprovechado para cambiar deprisa y corriendo de tema. "Lo que me MUERO por saber es a quién querríais invitar vosotras al baile. ¡A ver, a ver! ¡Confesadlo!".

Chloe y Zoey se han puesto muy coloradas.

"Bueno, yo sí que tenía pensado invitar a alguien pero, como no vamos a ir, me temo que NUNCA lo sabrás", ha dicho Chloe en tono de burla y mirándome de reojo.

"¡Lo mismo digo!", ha respondido Zoey, sacándome la lengua. "¡Te vas a quedar con las GANAS!".

CHLOE Y ZOEY NEGÁNDOSE CRUELMENTE
A DECIRME QUIÉN LES GUSTA

¿He dicho alguna vez que mis BFF son más PELMAS
que NADIE? Da igual, ¡porque estaba CHUPADO! Les
gustan Jason y Ryan, dos chicos GPS. ¡De toda la vida!
¡¡No hay misterio!!

Total, que aunque Chloe y Zoey sí querían ir al
baile, al final nos hemos puesto de acuerdo en que no
iríamos.

Yo me he sentido bastante aliviada porque como no tenía a quién invitar...

He preferido no contarles nada acerca del desastre del Crazy Burger ni del mensaje de texto de Brandon. Tampoco de que probablemente él y Mackenzie iban a ir juntos al Baile de San Valentín. Porque la verdad era que ya no tenía nada claro si Brandon y yo seguíamos siendo amigos.

Por eso me he quedado A CUADROS cuando hoy se ha acercado a mi taquilla todo amable y simpático, como si no hubiera pasado nada entre nosotros.

Ha venido en plan: "¡Hola, Nikki! Oye, por cierto, sobre lo del Crazy Burger, quería decirte que...".

Y yo le he cortado en plan: "Tranquilo, Brandon; no pasa nada. ¡OLVÍDALO!".

Se ha quedado un poco sorprendido y ha añadido: "Déjame que te explique. Yo quería salir contigo, pero se me complicaron las cosas. Cuando Mackenzie vino a mi fiesta de cumpleaños, vi que...".

Y yo le he replicado: "Lo sé: estabas superocupado. Pero ahora mismo no puedo hablar. ¡Tengo MUCHAS cosas que hacer! ¡LO SIENTO! ¡¿Te suena?!". Y me he cruzado de brazos mientras lo miraba con cara enfadada de "¡¿QUÉ PASA?!".

Y él se ha metido las manos en los bolsillos y se ha quedado mirándome con la cara desencajada a lo "¿DE QUÉ VA ESTO?".

Nos hemos quedado así, yo mirándolo enfadada y él, extrañado, en lo que parecía una ETERNIDAD.

Al final, Brandon se ha encogido de hombros: "Bueno, vale. Me tengo que ir a clase. Hasta luego, Nikki".

¡Y entonces se ha ido sin más! ¡Toma ya!

¿Cómo se ha podido marchar en mitad de una discusión tan seria sobre nuestra amistad? ¡Como si no le importara nada en absoluto!

Me he vuelto a acordar del artículo de la revista: "Cómo saber cuándo realmente NO le interesas a un chico".

Lo he sacado de la mochila y lo he vuelto a leer. Así he podido tachar otro punto más de la lista...

"4. Cuando intentas hablar de vuestra relación, se marcha".

¡Las cosas habían ido de MAL en PEOR!

Pero ¡espera y flipa! Lo que Brandon ha hecho después, al final del día, sí que no me lo esperaba para nada.

Me ha enviado ¡¡no uno, sino DOS mensajes de texto!!

¿Y crees que acaso me ha escrito una disculpa sincera y sentida sobre todo el asunto del Crazy Burger?

¡PARA NADA!

* * * * *

DE BRANDON:

&&&&&&kkkkkkkwwwbbbbbbbb@@@

20:12 h

* * * * *

DE BRANDON:

¡Perdona, Nikki! No era para ti. Ignóralo.

20:14 h

* * * * *

¡¡ARRRJJ!! ¡☹!

El pasado mes de noviembre monté una banda llamada Aún No Estamos Seguros (antes conocida como Los Pedorreicos), y actuamos en el Concurso de Talentos del Westchester Country Day.

Uno de los grandes premios que ganamos fue la oportunidad de participar en un concurso de la tele llamado...

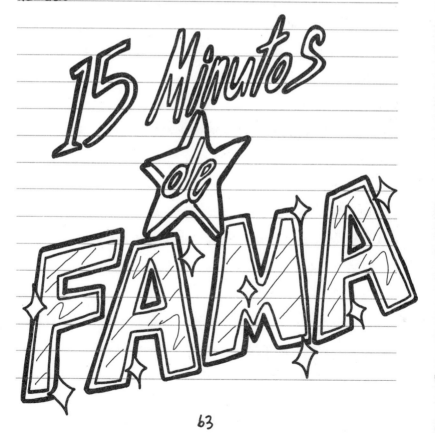

El programa lo hace el célebre productor de televisión Trevor Chase, quien también participó como famoso en el jurado de nuestro concurso de talentos.

Me llevé un disgusto cuando el grupo de baile de Mackenzie, Mac's Maniacs, ganó y nosotros perdimos. ¡Porque yo pensaba que mi banda era FANTÁSTICA!

Al final resultó que el señor Chase también lo creía. Dijo que su programa era solo para principiantes y aficionados, que a nuestra banda ya la veía muy preparada y que aquel programa no podía servirle de ayuda.

Esto ya era un HALAGO enorme. Pero espera y verás.

Chase comentó que estaba interesado en grabar una canción original de nuestra cosecha, que habíamos escrito e interpretado, titulada "La ley de los pedorros".

Total, que hemos quedado para vernos con él este sábado 8 de febrero. ¿A que MOLA?

Por eso hoy, al salir de clase, hemos tenido ensayo en casa de Theo.

Por supuesto, con Chloe, Zoey, Violet, Theo y Marcus nos hemos reído mucho y se estaba superbién. ¡Pero con Brandon...! Entre él y yo ¡se mascaba la TENSIÓN! ¡☹!

No ha dejado de mirarme un segundo, durante el ensayo, con cara de extrañado. Como si yo fuera un enigma que intentara descifrar.

Aparte de eso, todos los demás parecían sufrir un ataque agudo de risitis. Hasta me he preguntado si le habrían echado algo al chocolate caliente que estábamos tomando.

Mientras yo trataba de celebrar una reunión formal sobre el futuro de nuestra banda, ellos no paraban de reír y de contarse chistes.

Bueno, todos menos Brandon. Él seguía mirándome perplejo, lo que me ponía SUPERnerviosa.

"¡YA VALE, CHICOS! ¡DEJAD DE HACER EL BOBO!".

Por lo demás, nuestro ensayo ha ido muy bien. El tema "La ley de los pedorros" ¡nos ha quedado de muerte!

CANTANDO "LA LEY DE LOS PEDORROS"

Al terminar el ensayo, he visto cómo Chloe y Marcus y Zoey y Theo ¡¡FLIRTEABAN!!

Me he dado cuenta de que tanto unos como otros
¡hacían muy buena PAREJA! Se veía que a Marcus
y a Theo les gustaban DE VERDAD Chloe y Zoey.

Y no como aquellos dos GPS babosos, Jason y Ryan.
Esos dos solo habían ido detrás de mis BFF porque
seguían las malvadas órdenes de Mackenzie. Y el caso
es que habían llegado a manipular a Chloe y a Zoey.

¡NO permitiré que aquello se repita! ¡NUNCA!

A saber lo que estará cociendo ahora mismo en su caldero la bruja Mackenzie. ¡Pero será mejor que se ajuste bien el sombrero de pico si vuelve a meterse conmigo! ¿Qué POR QUÉ? ¡Porque estoy megaHARTA de ella y de sus dos monos voladores, Jason y Ryan!

MACKENZIE Y SUS MALVADOS MONOS
VOLADORES, JASON Y RYAN

Entonces se me ha ocurrido la idea más GENIAL del mundo.

¡Chloe y Zoey se MORIRÍAN si les regalara por sorpresa un par de entradas para el Baile de San Valentín!

Y, además, ¡se las merecen MÁS QUE NADIE! Se pasan la vida rescatándome de desastre en desastre.

Aunque yo no tenga pensado ir, no existe ninguna razón para que ELLAS no vayan.

¡Y Theo y Marcus serían sus compañeros de baile ideales!

¡YUJUUU! ¡¡☺!!

¡¿Soy o no soy GENIAL?!

Al llegar a casa, he enviado un mensaje a ambas contándoles que les tenía preparada una sorpresa GIGANTESCA. Y, claro, las dos me han suplicado que les dijera de qué se trataba.

Pero les he dicho que se la daría mañana durante la quinta hora, aprovechando que trabajamos juntas como ayudantes en la biblioteca.

¡Chloe y Zoey son SUPERafortunadas de tenerme A MÍ como mejor amiga!

Aunque no puedo quitarme de la cabeza la cara de perrito TRISTE de Brandon.

Como veo que se siente mal de verdad sobre el asunto del Crazy Burger, ¡A LO MEJOR me decido también a comprar un par de entradas para NOSOTROS!

¡¡☺!!

P.D.: ¡Suponiendo, claro, que NO haya quedado ya con Mackenzie!

Estaba tan emocionada con mi GRAN sorpresa para Chloe y Zoey que casi no he podido ni desayunar.

Menos mal que, entre los canguros que hice a Brianna y la paga semanal, había ahorrado suficiente dinero para poder comprar seis entradas.

Le he suplicado a mi madre que me llevara diez minutos antes al insti para comprar las entradas del Baile de San Valentín sin que Chloe y Zoey se dieran cuenta.

Mientras corría por el pasillo, me he cruzado con unas cuantas chicas que era evidente que acababan de comprar sus entradas.

Algunas las besuqueaban y otras las miraban embobadas y riendo histéricas. Había una chica que no paraba de dar vueltas en círculos y otra que daba saltos de alegría.

¡Madre mía! Aquello parecía el pasillo de un manicomio ¡como mínimo!

Pero la buena noticia es que parecía que AÚN
quedaban entradas. ¡Yujuu!

¡¿Cómo podía ser tan DESGRACIADA?!

"¿Que no quedan entradas, decís? ¡¿Estáis SEGURAS?!", he preguntado desesperada.

"Como el día del baile habrá una cena especial, teníamos que confirmar la cifra de asistentes con una semana de antelación. Por desgracia, hemos anunciado el número final por teléfono hace apenas cinco minutos, y ahora ya no podemos vender más entradas. ¡Lo siento!", ha dicho Brittany, la capitana de las animadoras, mientras arrancaba el cartel del baile de la pared.

"¡GENIAL!", he dicho entre dientes.

Me he dado la vuelta y me he dirigido directamente al primer baño de chicas que había en el pasillo.

Me he encerrado en un cubículo y he esperado a que no quedara nadie en el cuarto de baño. Luego, de la forma más TRANQUILA y MADURA posible, me he comportado tal como cualquier chica normal de mi edad lo habría hecho en mi lugar...

¡Me he desahogado GRITANDO! ¡☹!

Lo cual, no sé por qué, ¡siempre me hace sentir mucho mejor! ¡☺!

Pero ahora tenía ante mí OTRO problema grave.

Chloe y Zoey estaban esperando una GRAN sorpresa.

¡¡¡Y yo no tenía NADA que ofrecerles a cambio!!!

Y eso significaba que se iban a llevar una SUPERdecepción.

¿Verdad que era un DESASTRE?

He rebuscado en mi taquilla para ver qué podía encontrar que fuera de su gusto.

¿Un bocadillo de manteca de cacahuetes algo rancia?

¿Mi sudadera favorita llena de bolas?

¿Un paquete abierto de pañuelos de papel?

¿Un brillo de labios usado, tal vez?

¡La situación era desesperada!

No sé, ¿y si les entregaba algo realmente diferente?

Al menos para mí.

Algo que requiriese honradez, integridad, madurez...

Como, sin ir más lejos, ¡¿la VERDAD?!

"Lo siento mucho, Chloe y Zoey, pero mi sorpresa consistía en compraros un par de entradas para el Baile de San Valentín, pero se habían agotado ya", ¿por ejemplo?

¡¡NI HABLAR!!

Por desgracia, la honradez, la integridad y la madurez NO son mis puntos fuertes.

Al final, he preferido disimular y ofrecerles algo de mi taquilla...

¡SORPRESA! CHLOE Y ZOEY, PARA DEMOSTRAROS LO MUCHO QUE APRECIO VUESTRA AMISTAD, OS QUERÍA REGALAR ESTE PAQUETE DE PAÑUELOS DE PAPEL Y ESTE LÁPIZ DE LABIOS ¡CASI SIN USAR!

Lógicamente, deben de haber pensado que me faltaba un tornillo. Me han mirado a mí, han mirado la sorpresa, se han mirado entre sí y me han vuelto a mirar a mí, luego a la sorpresa y entre sí.

Por último, Zoey ha forzado una sonrisa y ha dicho: "Nikki, vaya, esto... ¡no tenías por qué hacerlo!".

Pero Chloe NO se conformaba. "Sí, Nikki, Zoey tiene razón. ¡No DEBERÍAS haberlo hecho! ¡Es una broma, ¿verdad?! Por favor, dime que esto no es la gran sorpresa que pensabas...". Aquí Zoey le ha dado a Chloe una patada en la espinilla para que se callara.

"¡Nos encantan tus regalos, gracias! ¿Verdad, Chloe?", ha zanjado Zoey con una sonrisa falsa.

"¡Me encantarían si dejaras de darme PATADAS!", ha gruñido Chloe mientras se frotaba la espinilla con un gesto de dolor.

Yo he exhibido mi mejor sonrisa de circunstancias y he añadido: "Pues me alegro, ¡que los disfrutéis!".

¡Sí, LO SÉ! Hay que ser muy miserable para enredar a las amigas así.

Y ahora me siento MUY culpable.

¡¡No puedo creer que de verdad le diera a mis BFF un paquete abierto de PAÑUELOS y un BRILLO de labios GASTADO!!

¿Cómo he sido capaz?

¡Soy una MISERABLE!

¡Ni siquiera yo misma querría ser MI AMIGA! ¡☹!

Desgraciadamente, mi día no ha mejorado en nada.

Cuando he llegado a casa, me esperaban noticias aún peores.

Trevor Chase había llamado para decir que tenía que aplazar la cita hasta el próximo mes. Como es el productor de un programa especial de televisión para Lady Gaga, tenía que quedarse en Nueva York tres semanas más.

O sea, que mi banda y yo NO iríamos a verlo el sábado para hablar de la grabación de nuestro tema original.

Mi emocionante carrera como ESTRELLA DEL POP asquerosamente rica y mundialmente reconocida había terminado mucho antes de empezar.

¡La vida de los artistas es así, ya se sabe!

¡¡☹!!

Esta mañana me he quedado un poco preocupada cuando he visto una nota de Chloe y Zoey en mi taquilla...

Je esperamos en el pequeño almacén del conserje antes de la clase de gimnasia.

Chloe
+ ZOEY

Después de los estúpidos "regalos" que les entregué ayer, he supuesto que habían decidido que era demasiado RARA para ser su amiga.

Seguro que estaban enfadadas conmigo y exigían una explicación y una disculpa por mi extraño comportamiento de ayer.

Lo encontraría muy lógico. Yo aún seguía ENFADADA conmigo misma por lo que hice.

Cuando he llegado al almacén, Chloe y Zoey estaban esperándome. Pero no parecían enfadadas, sino SUPERemocionadas por algo.

"¡Hola, Nikki! ¡Vas a ver qué se nos ha ocurrido a Zoey y a mí! ¡Es muy divertido y además es una sorpresa!", ha dicho Chloe agitando las palmas de las manos.

"¡Sí! ¡Y hemos esperado tanto que casi no llegamos a tiempo!", ha añadido Zoey riéndose.

"Después de mi sorpresa cutre de ayer, casi me da miedo conocer la vuestra", he dicho, más tranquila al comprobar que seguían siendo mis amigas.

"Muy bien, cierra los ojos", ha dicho Chloe. Y las dos han gritado a la vez...

"¡SORPRESA!".

Antes de abrir los ojos de nuevo, temía que fueran a arrojarme por encima un cubo de agua, como venganza por los CUTRErregalos de ayer.

Pero no, mis amigas sostenían algo en la mano. Eran...

¡¡ENTRADAS PARA EL BAILE DE SAN VALENTÍN!! ¡¡☺!!

Me he quedado boquiabierta. "¡¡Madre mía!! ¡Chloe! ¡Zoey! ¿En serio habéis comprado entradas para el baile? ¿Al final iréis? ¡Me alegro tanto por VOSOTRAS! Yo, ayer, intenté comprar seis para las tres, pero se habían agotado. ¡Esa era la SORPRESA que os quería dar!".

En el fondo me sentía un poco triste, porque me hubiera gustado que fuéramos juntas al baile, las tres. ¡Nuestro sueño romántico de tener una cita a tres bandas se hubiera hecho POR FIN realidad!

Conste que no estaba celosa ni nada por el estilo. Eso hubiera sido muy INFANTIL por mi parte, ¿no?

"¡Huala! ¿De verdad que intentaste comprar entradas para NOSOTRAS?", ha exclamado Zoey. "Pues mira, Nikki...".

¡NOSOTRAS TENEMOS ENTRADAS PARA TI!

¡Madre mía! ¡No me lo esperaba! ¡Estaba TAN sorprendida y alucinada! ¡Mis propias entradas para el Baile de San Valentín...!

Chloe ya ha invitado a Marcus, ¡y ha dicho que SÍ!
Y Zoey ha invitado a Theo, ¡y ha dicho que SÍ!

O sea, que ahora solo falta que yo me arme de valor
e invite a Brandon. Y REZAR para que no haya
quedado ya con Mackenzie.

Debo reconocer que he sido un poco dura con él.
Cada vez que intentaba explicarme lo que pasó o
trataba de disculparse, prácticamente lo he cortado.
¡Estaba tan frustrada porque nada salía según lo
previsto!

El lunes haré un esfuerzo por arreglar las cosas
entre nosotros.

¡El Baile de San Valentín va a ser ALUCINANTE!
¡Y Chloe y Zoey son las mejores amigas del MUNDO!

¡¡YUJUUUU!! ¡¡☺!!

Al llegar a casa tenía otro mensaje de Brandon en el
móvil...

* * * * *

DE BRANDON:

En el refugio Fuzzy Friends, mientras lavaba un perro de pelo largo y maloliente, me he acordado de ti. ☺

16:57 h

* * * * *

Vale, me encanta que Brandon estuviera pensando en mí y tal. Pero... ¡¡¿de verdad le recordaba a "un perro de pelo largo y maloliente"?!!

* * * * *

DE NIKKI:

Hola, Brandon. Gracias. O no...

16:59 h

* * * * *

¡¡GRRRRRR!!

¡¡Madre mía!! ¿Acabo de gruñir como un PERRO?

Hay que reconocer que últimamente a Brandon se le ve superocupado.

Si no está en Fuzzy Friends, se encuentra en el periódico del insti o liado en algún proyecto fotográfico.

Parece que ya no le quede tiempo para mí.

He recogido la mochila y he buscado el artículo de la revista "Cómo saber cuándo realmente NO le interesas a un chico".

Lo que imaginaba...

3. De repente está siempre demasiado ocupado para quedar contigo.

¡Otro punto que encaja!

¡Hala! ¡A tachar también el número 3!

¡Qué mal!

Ahora sí que empiezo a temer que nuestra relación esté ¡MALDITA!

¡¡☹!!

Lo último que hubiera querido hacer en el mundo era acompañar a Brianna al Castillo de Golopark del centro comercial. Pero mamá había invitado a unas amigas de su club de lectura y le había pedido a alguien que se llevara consigo a Brianna para que no hiciera ningún estropicio en casa.

Ese "alguien" dijo que sí, pero tenía un plan secreto: irse con los amigotes a la bolera y dejar tirada a Brianna con la tonta de su hermana mayor.

Lógicamente, me he enfadado mucho y le he gritado a ese "alguien": "¡PAPÁ, ESO HA SIDO UNA JUGADA MUY SUCIA! ¡DEBERÍA DARTE VERGÜENZA!". Pero, por supuesto, solo lo he dicho en el interior de mi cabeza y nadie más lo ha oído.

Así que me he sentado en un banco delante del castillo para escribir en mi diario, mientras Brianna descendía por el tobogán desde la torre del castillo, se zambullía en el foso de bolas y saltaba en las mazmorras reales, hasta que los ojos se me han secado.

¡Madre mía! Estaba TAN aburrida que he tenido ganas de agarrar una de aquellas piruletas gigantes y darme en la cabeza para poner fin a mi sufrimiento...

Lo peor de todo es que el parque estaba decorado con ¡tropecientos CORAZONES!

Y eso, para mi desgracia, me recordó que faltaba SOLO una semana para el Baile de San Valentín y que yo AÚN debía reunir el valor necesario para invitar a Brandon.

¡GENIAL, DESDE LUEGO! ¡☹!

Cuando ya estaba a punto de coger la piruleta gigante, he visto a nuestra vecina, la señora Wallabanger.

"¡Hola, Nikki, cariño!", me ha dicho con voz alegre. "¡Qué sorpresa verte aquí! ¿Cómo están tus padres?".

"Hola, señora Wallabanger. Mis padres están muy bien LOS DOS, gracias por PREGUNTAR".

De pronto, la señora Wallabanger ha dejado de sonreír. "¿Que LOS DOS están en cama y FATAL?", ha comentado con un gesto de lástima. "¡Vaya por Dios! Debe de ser por esta epidemia de gripe tan mala que hay".

Aunque lleva audífono, la señora Wallabanger sigue siendo MUY dura de oído. No entiende bien el noventa por ciento de lo que digo.

Por eso, la mayoría de las veces le sigo la corriente y ni siquiera intento corregirla. Es un poco excéntrica y algo irritable, pero en el fondo es buena persona.

"Pues dile a tu madre que le voy a llevar un cazo de mi famosa sopa de pollo, cariño".

"Esto... vale", he titubeado.

"¡Ah! Antes de que se me olvide, os quería presentar a Brianna y a ti a mi nieto", ha dicho.

Entonces he visto que había un niño monísimo escondido detrás de sus faldas. Debía de tener la misma edad que Brianna.

Cuando se ha dado cuenta de que lo miraba, se ha tapado la cara de vergüenza...

LA SEÑORA WALLABANGER PRESENTÁNDOME
A SU NIETO

"¡Brianna!", la he llamado. "¡Ven a saludar al nieto de la señora Wallabanger!".

"¿Qué nieto?", ha preguntado mientras lo buscaba. "¿Es invisible?".

"Niñas, os presento a Oliver", ha dicho la señora Wallabanger. "No seas vergonzoso, Oliver. Nikki y Brianna no muerden".

He sujetado a Brianna firmemente por los hombros. Yo no muerdo, pero con ella nunca se sabe. Oliver ha visto a Brianna y ha salido de su escondite.

"¡Hola, nieto de la señora Wallabanger!", ha dicho Brianna emocionada. Le ha sonreído enseñándole todos los dientes y le ha tendido la mano.

Pero él se ha quedado mirándole fijamente la palma, con aire divertido. Entonces se ha sacado algo del bolsillo y se lo ha puesto como un guante. Era un calcetín de deporte viejo. Tenía agujeros y estaba lleno de manchas.

Alguien le había cosido un par de ojos saltones y un botón que hacía de nariz y colgaba de un hilo.

"Soy Oliver, y mi amigo el señor Botones cree que la mano te huele a ganchitos", ha añadido moviendo el muñeco-calcetín.

"Es porque la señorita Penélope y yo hemos comido antes ganchitos", ha contestado Brianna chupándose el polvillo naranja que traía pegado a los dedos. "¡Mmm, queso! ¿Te apetece un poco?".

Y ha plantado la mano chupada delante de la cara de Oliver.

"¡QUITA!", ha gritado Oliver arrugando la nariz y apartando la mano. "¡LAS NIÑAS TENÉIS PIOJOS!".

"¿Ah, sí? Pues tú tienes más piojos que yo, ¡y eres TONTO y BURRO!", le ha gritado Brianna.

La señora Wallabanger ponía cara de no entender nada.

"Pero ¿qué están diciendo de PIÑAS con frutos ROJOS y de que quieren PRONTO un CHURRO?".

"No, es que... Oliver y Brianna están manteniendo una agradable conversación sobre sus meriendas favoritas", he mentido.

"En fin, Nikki, cariño, ¿te puedo pedir un gran favor? Necesito pasar un momentito por la tienda de electrodomésticos a ver si tienen pilas para el audífono. Me gusta tener siempre de reserva porque sin ellas no oigo nada. ¿Podrías vigilarme a Oliver?".

"Claro, descuide", he contestado. "No tenga prisa. Así Brianna y Oliver pueden conocerse mejor".

"¡Gracias, eres un sol!", ha dicho sonriendo la señora Wallabanger mientras me pellizcaba la mejilla. "Vuelvo en un momento".

"Brianna, pórtate bien con Oliver, ¿de acuerdo?", le he pedido. "¿Por qué no os vais a jugar juntos?".

"¡No quiero jugar con este niño tan raro!", ha gritado. "¡Míralo! ¡Lleva un muñeco en la mano! La señorita Penélope es mi mejor amiga y ¡yo solo juego con ELLA!".

"¡Pues que sepas que yo tampoco quiero jugar CONTIGO!", le ha soltado Oliver. "¡El señor Botones es el amigo más listo y más mejor del mundo! ¡Y además es astronauta!".

"Pues la señorita Penélope es una superheroína como lo es el Hada de Azúcar. ¡Y protege al mundo de la malvada Hada de los Dientes!", ha presumido Brianna.

Los ojos de Oliver se han abierto como platos, como si hubiera visto un fantasma.

"¿Has dicho 'Had–had–hada de los Di–Di–Dientes'?", ha tartamudeado Oliver. "Una vez me tragué un diente para que no viniera a por mí. ¡Esa señora está LOCA!".

"¿Tú TAMBIÉN te tragaste un diente?", ha dicho sorprendida Brianna.

Los dos se han puesto a hablar sin parar sobre el Hada de los Dientes, los dinosaurios, el Hada de Azúcar y el pastel de chocolate durante lo que me ha parecido casi una ETERNIDAD.

¡Y no te lo pierdas! Al cabo de un rato, la señorita Penélope y el señor Botones también participaban en la extraña conversación.

¡Los cuatro se estaban comportando como BFF!

OLIVER, BRIANNA, EL SEÑOR BOTONES Y LA
SEÑORITA PENÉLOPE EN UNA ANIMADA CHARLA

¡La verdad es que era bonito verlos hablar así!
Aunque fueran dos niños MUY raros. Y sus muñecos
parlantes, aún más.

Aunque, pensándolo bien, si empiezan a quedar para jugar, ya me veo multiplicando los amiguitos imaginarios de las narices, junto con las migrañas, los muebles rotos, las cocinas incendiadas y las crisis nerviosas, no DOS VECES, sino... ¡CUATRO! Solo de imaginarlo me ha entrado un sudor frío.

"¡Ya estoy de vuelta!", ha anunciado la señora Wallabanger. "Cuánto te agradezco que hayas vigilado a mi nieto. Que acabéis de pasar un buen día, chicas. Vamos, Oliver, tenemos que irnos".

Oliver le ha dado la mano a su abuela.

"¡Adiós, señorita Penélope!", ha gritado ~~Oliver~~ el señor Botones mientras Oliver agitaba su manita con el muñeco-calcetín.

"¡Adiós, señor Botones!", ha exclamado ~~Brianna~~ la señorita Penélope con su enorme boca.

Cuando ya se habían ido, le he dirigido a mi hermanita una sonrisa maléfica...

"¡PARA AHORA MISMO O SE LO DIGO A MAMÁ!",
me ha gritado. Estaba toda colorada, y yo no podía
dejar de reír.

¡Era mi pequeña VENGANZA por todas las veces que Brianna me había hecho pasar vergüenza ante Brandon!

"Seguro que me equivoco, pero yo diría que alguien se ha enamorado por primera vez", le he soltado para hacerla rabiar.

"¡Yo no!", me ha cortado enseguida. "Pero a lo mejor a la señorita Penélope sí le gusta un poquito el señor Botones, porque a los dos les encanta el pastel de chocolate. Me lo ha comentado en secreto, ¡tienes que prometerme que no se lo contarás a nadie!".

"Vale, te lo prometo", le he dicho mientras la abrazaba.

Tal vez la idea de imaginar a Brianna con un amor platónico no resulte TAN vomitiva.

En el fondo, soy una romántica.

Ya me estoy imaginando su futura boda. Brianna llevaría un vestido de diseño Hada de Azúcar y Oliver se habría puesto un pesado traje de astronauta...

LA BODA DE BRIANNA Y OLIVER

El banquete de boda al estilo "chuchelandia" estaría compuesto por ositos de gominola, espagueti con ketchup, nuggets de pollo, ganchitos, pececillos salados, zumo de melocotón y un pastel de chocolate de cinco pisos relleno de chicle.

¿A que MOLA?

¡Oye, que hasta los pequeños psicópatas como Brianna necesitan amor!

¡☺!

Estoy TEMIENDO el momento de volver mañana al insti.

¿Que por qué?

Porque tenemos una prueba de aptitud de flotación en la clase de natación.

Mira, si los humanos hubiéramos sido diseñados para flotar, seríamos de plástico. Y, en lugar de ombligo, tendríamos un taponcito por el que poder soplar hasta inflarnos como neumáticos. Es una idea...

Siempre que intento nadar en la parte profunda de la piscina, me hundo casi hasta el fondo.

Como un pedrusco de 100 kg.

¡Pero eso no es lo peor! ¿Habéis pensado alguna vez en las porquerías que se acumulan en el fondo de las piscinas?

¡Es como una oficina de objetos perdidos, pero bajo el agua!

CALCETÍN

MÓVIL

SÁNDWICH DE CHÓPED

CEPILLO

ZAPATILLA

BARRITA DE CHOCO

GAFAS

YO, MIRANDO TODA LA BASURA QUE HAY
EN EL FONDO DE LA PISCINA

Lo que necesito de verdad es un modelo de justificante
para clase de natación que otros alumnos y yo podamos
utilizar para librarnos de la SUSODICHA clase...

MODELO DE JUSTIFICANTE
PARA CLASE DE NATACIÓN

DE: _____
(TU NOMBRE)

PARA: _____
(NOMBRE DEL/DE LA PROFESOR/A DE NATACIÓN)

Asunto: Justificante médico para la clase de natación

Lamento informarles con:

☐ gran dolor de mi alma

☐ un dolor de cabeza espantoso

☐ restos de comida entre los dientes

☐ un mal olor de pies terrible

de que no podré participar en la clase de natación de hoy. Anoche descubrí que tengo una grave alergia a:

- ☐ el pastel de carne de mi madre
- ☐ los mocos de mi hermano pequeño
- ☐ la mayor parte de los insectos que se arrastran
- ☐ el agua

Después de tragarme tan solo un poquito de lo anterior, sufrí un ataque de:

- ☐ nervios
- ☐ vértigo
- ☐ estreñimiento
- ☐ desvarío

y caí sin querer:

- ☐ dentro de la bañera
- ☐ escaleras abajo
- ☐ en las redes del amor
- ☐ en un nido de serpientes

magullándome:

- ☐ el hígado

- ☐ el coxis
- ☐ la nariz
- ☐ el dedo meñique del pie

Debido al gran traumatismo sufrido, entré de forma súbita e inesperada en:
- ☐ un videoclip de melodías de anuncios
- ☐ un armario para esconderme del Hada de los Dientes
- ☐ un ataque de hipo
- ☐ la habitación de mi hermana para gritarle

Vino una ambulancia y me llevaron corriendo al hospital, donde los médicos me dijeron que tenía suerte de seguir con vida porque, al parecer, mi exposición a la elevada concentración de:
- ☐ escupitajos
- ☐ bacterias
- ☐ enfermedades
- ☐ porquería del ombligo

que hay en las piscinas podría haber resultado
mortal o provocarme una infección y:

- ☐ piernas excesivamente peludas
- ☐ síndrome de colon irritable
- ☐ baile del caballo compulsivo
- ☐ vomitera irreprimible

Lógicamente, me siento:

- ☐ completamente destrozado/a
- ☐ sorprendido/a y estupefacto/a
- ☐ aturdido/a y confundido/a
- ☐ perplejo/a total

ante noticias tan terribles. Como medida de
precaución para mi salud, los médicos me han
aconsejado evitar el agua de la piscina, cuando
menos, durante el/la próximo/a:

- ☐ semana
- ☐ mes
- ☐ año
- ☐ década

Gracias por entender mi actual estado de salud y por ser tan increíblemente:

    comprensivo/a.

    feo/a.

    ingenuo/a.

    estúpido/a.

Sinceramente,

_____

(TU FIRMA)

¡¡¿Soy o NO soy genial?!!

¡¡☺!!

LUNES, 10 DE FEBRERO

RECORDATORIO: ¡EL BAILE ES DENTRO DE CUATRO DÍAS! ¡¡☺!! ¡HABLAR CON BRANDON CUANTO ANTES!

Anoche estuve revolviendo el garaje y encontré una caja enorme con los juguetes de agua de cuando Brianna era pequeña. ¡Oye, estaba desesperada!

Pero la buena noticia es que encontré un salvavidas monísimo que me encaja perfectamente en la cintura.

Siempre que no respire.

Y en la misma caja encontré un bañador VIEJÍSIMO que era de mi abuela cuando era pequeña.

Yo creía que iba bastante mona cuando he llegado a la piscina para la clase de natación.

Hasta que Chloe se ha atragantado, Zoey se ha tapado los ojos y todos los demás se han quedado alucinados.

EL CABALLITO DE MAR TRITONCÍN Y YO,
LISTOS PARA MI PRUEBA DE FLOTACIÓN

Mackenzie me ha mirado de arriba abajo como si no hubiera visto nunca un bañador CON PATAS. O a Tritoncín, un caballito de mar de color rosa fucsia con corazones lilas, de la serie el Hada de Azúcar.

¿Qué pasa? ¿De qué planeta ha bajado esta chica?

¡¡¿De NEPTUNO?!!

Me ha dedicado uno de sus insignes pestañeos y ha hecho un comentario muy sarcástico e insultante delante de toda la clase.

"Esto... Perdona, Nikki, pero la clase de Bebés al Agua es a las cuatro de la tarde mañana, NO hoy".

Claro, todo el mundo se ha reído.

¿Cómo se atrevía esa a insinuar públicamente que YO era un "bebé al agua"?

"Muchas gracias por la información sobre la otra clase, Mackenzie", he dicho muy amable. "Ahora, ¡¡¿por qué no te vas y saltas a la parte honda de la piscina, te tragas cien litros de agua y EXPLOTAS?!!".

Por supuesto, la profa no ha facilitado las cosas. Ha dicho que no podía entrar en el agua con mi caballito porque NO se permitían los flotadores.

Pero en el cartel de la pared no decía nada de eso:

WCD: REGLAMENTO DE LA PISCINA

1. PROHIBIDO correr

2. PROHIBIDO comer

3. PROHIBIDO hacer el burro

4. PROHIBIDO orinar en la piscina

En cualquier caso, yo no sé si he desayunado mucho o qué, pero lo cierto es que, cuando he intentado quitarme el caballito de marras, ¡NO SALÍA! Ni siquiera Chloe y Zoey han podido arrancármelo...

CHLOE Y ZOEY, INTENTANDO LIBERARME
DEL CABALLITO DE MARRAS

Como casi no podía respirar, he empezado a tener
alucinaciones RARÍSIMAS. Me he visto a mí misma:

En clase de biología sentada junto a Brandon con el
caballito flotador puesto.

Yendo al Baile de San Valentín con el caballito flotador puesto.

Graduándome en el instituto con el caballito flotador puesto.

Mudándome a la residencia de la universidad con el caballito flotador puesto.

Casándome con el caballito flotador puesto.

Y teniendo mi primer bebé con el caballito flotador puesto.

¡Madre mía! ¡Me iba a quedar ATRAPADA en ese caballito flotador para el resto de MIS DÍAS!

¡Me he puesto tan nerviosa que he empezado a GRITAR como una histérica!

O, quizá debido a la falta de oxígeno, solo estuviera ALUCINANDO que gritaba como una histérica.

La verdad es que me sentía tan confundida que ya no lo sé.

Hasta que la profa ha llamado al conserje y le ha dicho que viniera CORRIENDO porque tenía un problema urgente.

El hombre ha tenido que cortar el caballito flotador con sus gigantescas tenazas de acero, lo que lógicamente me ha puesto SUPERnerviosa.

Un CORTECITO de más y hubiera perdido un brazo o una pierna, qué sé yo.

¡Oye, que esas cosas pasan! ¡No hace ni ocho días que perdí una trenza en manos de Brianna!

El caso es que, en cuanto el conserje me ha sacado por fin ese trasto, he podido volver a respirar de nuevo.

¡Madre mía! ¡Ahora me sentía MUCHO mejor!

Pero la sorpresa del día ha sido que mi profa de EF me ha dado un aprobado en la prueba de flotación, con un "Se esfuerza". Ha dicho que ya había tenido bastante DRAMA por ese día, y que NO QUERÍA que me metiera en el agua y pusiera en peligro MI vida, SU vida y la de los demás ALUMNOS de la clase.

¡Yo estaba SUPERencantada por lo bien que habían ido las cosas! ¡¡☺!!

Pero aún tenía que decidir cómo iba a invitar a Brandon al Baile de San Valentín.

No entendía cómo todas las demás chicas del instituto se atrevían sin más a proponérselo a los chicos que les gustaban.

Supongo que la gran diferencia es que yo soy MEGAcobarde, y la sola idea de que Brandon me pudiera decir que no me paralizaba por completo.

He decidido adoptar una táctica directa:
ir a buscarlo a la redacción del periódico y... DECÍRSELO.

Total, tan difícil no podía ser, ¿cuánto esfuerzo iba a costarme?

¡MUCHÍSIMO! ¡☹!

Tenía la boca seca, me temblaban las rodillas y sentía un terrible cosquilleo en el estómago.

Y eso solo de pensarlo.

Sin embargo, Brandon y el resto de nuestro personal fotográfico habían salido de visita a un periódico local en una excursión que iba a durar dos días. No me quedaba más remedio que esperar a que volviera el miércoles para poder hablarle del baile.

¡AÚN no me puedo creer que haya aprobado mi ejercicio de aptitud de flotación!

¡YUJUU!

¡¡☺!!

MARTES, 11 DE FEBRERO

RECORDATORIO: ¡EL BAILE DE SAN VALENTÍN ES DENTRO DE TRES DÍAS! ¡¡☺!!

ODIO ir a comprar las tarjetas de San Valentín con Brianna. ¡Cada año se repite el mismo DRAMA!

"¡Yo solo quiero las tarjetas de San 'Ventín' del Hada de Azúcar!", lloraba Brianna desconsolada.

Mamá nos había dejado en la entrada del centro comercial mientras iba a buscar aparcamiento.

"¡Se dice 'Valentín', no 'Ventín'!", he gruñido.

"Si no encuentro mis tarjetas del Hada de Azúcar, ¡lloraré 'érase que se era en una tierra muy lejana por siempre jamás, fin'!", ha amenazado Brianna.

"Pues, si no quieres que acabe dejándote en la oficina de objetos perdidos, ¡será mejor que NO llores 'por siempre jamás'!", la he amenazado yo entre dientes.

"VERÁ, HE ENCONTRADO A ESTA NIÑITA CON UNA RABIETA DE CUIDADO...".

"Además, no es más que una tarjeta estúpida que los niños de tu clase tirarán en cuanto abran el sobre. ¡No es para tanto!", he refunfuñado.

"¡Yo quiero mis tarjetas de San 'Ventín' del Hada de Azúcar! ¡AHORA!", ha gritado Brianna.

Hemos buscado las patéticas tarjetas de San Valentín del Hada de Azúcar por la tarde. Y nueve tiendas, cinco rabietas y una jaqueca después, TODAVÍA no habíamos encontrado ninguna. ¡Se habían agotado!

Al menos el centro comercial parecía preparado para tamaña contingencia. Junto a cada una de las tiendas con un expositor de San Valentín, había un empleado estratégicamente situado con cajas de pañuelos de papel para los niños, que rompían a llorar en cuanto veían que se habían agotado todas las tarjetas de San Valentín del Hada de Azúcar.

Y daba asco comprobar cómo la mayor parte de las tiendas se había aprovechado de la situación para montar enormes expositores con otros productos del Hada de Azúcar...

Estaba claro que esperaban que todos esos mocosos mimados, y ahora traumatizados, se hicieran con un surtido completo de entre los cuarenta y nueve productos restantes del Hada de Azúcar.

Había baño de burbujas, loción corporal, champú, pasta de dientes, vitaminas, tiritas, caramelos, maquillaje de juguete, chicles, cereales, barritas de cereales, crema de cacahuete, muñecas, juegos de mesa, complementos de moda, comida para perros, etc., todos de la marca Hada de Azúcar. De todo.

Seguro que en alguna isla remota se ocultaba una fábrica en la que unos duendecillos rechonchos y lilas con zapatos puntiagudos, cabellos de azúcar y ojos pequeños y maliciosos producían chismes de toda clase del Hada de Azúcar las veinticuatro horas del día, todos los días de la semana. Un poco como sucedía con Willie Wonka y su fábrica de chocolate.

Por supuesto, cuando Brianna ha visto que no iba a encontrar sus tarjetas del Hada de Azúcar, se ha transformado de repente en un surtidor de llantos, sollozos babeantes y mucosidades varias.

Lo que no lograba entender era cómo los vendedores podían mantener la calma en mitad de aquel caos total.

Había niñas llorando, gritando, chillando, aullando, sollozando, gimoteando y berreando por todas partes.

¿Cómo podían quedarse tan panchos y sonrientes bajo aquel ataque masivo de griterío agudo y reventador de tímpanos formado por unas doscientas niñas de cinco años enrabietadas?

Estaba impresionada.

Hasta que vi su arma secreta.

¡¡¡TAPONES PARA LOS OÍDOS!!!

¡Sí!

¡¡Pero serán tramposos...!!

¡Todos los empleados llevaban tapones para proteger sus oídos... y su salud mental!

El caso es que mamá y yo estábamos agotadas por las compras y el disgusto de Brianna era ya irreparable.

Pero ya en el coche, de camino a casa, ¡se me ocurrió una idea GENIAL!

"Brianna, ¿y si te hago yo las tarjetas del Hada de Azúcar? Estoy segura de que te encantarán".

Brianna ha parado de llorar en seco y me ha mirado desconfiada, como si le estuviera ofreciendo el timo de la estampita.

"¡Pero si las haces TÚ, ya no serán tarjetas de San 'Ventín' del Hada de Azúcar de verdad!", ha dicho enfurruñada.

Entonces mamá me ha guiñado un ojo. "Brianna, cariño, tengo una idea estupenda. ¿Qué te parece si, mientras Nikki te dibuja las tarjetas, tú cenas un gran bol de apetitosos cereales del Hada de Azúcar?".

Los ojos de Brianna se han abierto como platos. "¡Cereales del Hada de Azúcar! ¿PARA CENAR? ¡Sí, sí, qué BIEN!", reía. Pero otra vez ha fruncido el ceño y ha empezado a hacer pucheros.

"Pero ¡mamiii! ¡Esta mañana me he terminado el último bol de cereales del Hada de Azúcar! ¡Y ya no nos queda lecheee!", ha lloriqueado.

Mamá ha dado un volantazo y ha cambiado de sentido en mitad de la calle, con el consiguiente susto de muerte para mí. *¡ÑIIIIIIIIC!* (¡Eso eran nuestras ruedas!).

"Pues paramos un momento en el súper, y Nikki y tú entráis corriendo a por cereales y leche. ¿Te parece bien, Brianna?", ha preguntado mamá tan contenta.

"Bueno... vale, sup... supongo que sí", ha contestado Brianna sorbiéndose los mocos.

Dentro de la tienda, he cogido de la mano a Brianna para que no se me escapara ni se metiera en líos. Nos hemos dirigido al pasillo de los cereales.

"Mmm... A ver...", me he dicho a mí misma llevándome la mano a la barbilla. "Cereales del Hada de Azúcar con nubes tutti-frutti; cereales del Hada de Azúcar con polvo de hada; cereales del Hada de Azúcar con purpurina, y, por último, cereales del Hada de Azúcar con una minitiara que brilla en la oscuridad de regalo...".

YO, INTENTANDO ESCOGER LOS CEREALES
MIENTRAS VIGILO A BRIANNA (MÁS O MENOS)

133

Había tanto donde elegir que no sabía qué hacer. "Brianna, ¿tú qué cereales prefieres?", le he preguntado.

Pero, al darme la vuelta, ¡Brianna se había volatilizado!

Aunque NO ERA la primera vez, me ha entrado un sudor frío solo de recordar aquella otra ocasión en que perdí a Brianna durante el *Cascanueces*.

"¡¡¡NOOOOO!!! ¡Otra vez NOOOO!", he gritado mientras salía corriendo por el pasillo. "¡¡BRIANNAAA!!".

¡Entonces la he visto!

Había hecho una pila en el suelo con distintos productos del súper y se había subido encima.

Y desde allí, de puntillas y guardando un equilibrio imposible, trataba de alcanzar desesperada una cosa que había en el último estante de un gran expositor de colores. Y entonces ha pasado esto...

Por suerte, al final todo había acabado bien y mal.

Bien, porque Brianna no se había hecho daño.

Mal, porque yo me sentía como si me hubieran reventado el bazo o los riñones o todo junto.

O porque, al caer sobre mí, Brianna me había dado una patada en toda la tripa, con su pesada bota de nieve del Hada de Azúcar.

Lo importante era que, por fin, había terminado la búsqueda anual de la tarjeta de San Valentín del Hada de Azúcar.

Y, un año más, ¡yo había sobrevivido!

Yuju.

¡☺!

MIÉRCOLES, 12 DE FEBRERO

RECORDATORIO: ¡EL BAILE ES EN DOS DÍAS! ¡☺! ¡HABLAR CON BRANDON! ¡AHORA O NUNCA!

Hoy el chisme del día era quién podría salir elegida Princesa de San Valentín.

Los alumnos pueden votar por cualquier chica de entre 14 y 15 años del insti, pero las que querían ganar de todas todas (como Mackenzie) estaban colgando carteles. El 14 de febrero el instituto entero vota durante el horario escolar, y el nombre de la ganadora se anuncia por la noche, en el baile.

Los últimos cotilleos decían que era casi seguro que ganaría Mackenzie. ¡Precisamente Mackenzie!

¡Madre mía! ¡Esa chica es tan increíblemente ENGREÍDA!

Se ha pasado el día haciéndose la simpática y sobornando a todo el mundo con chuches en forma de corazón y consejos de moda para que la votaran.

También es verdad que sus carteles son...
¡MONÍSIMOS!

CARTEL DE
MACKENZIE
MONÍSIMO →

VOTA POR
MacKenzie
Hollister
para
Princesa de
San Valentín
¡Es la reina
más dulce!

¡CASI me dan ganas de votarla A MÍ!

¡NOOO! ¡¡☺!!

En cualquier caso, ¡HOY era el gran día!

POR FIN iba a invitar a Brandon al Baile de San Valentín, durante la clase de biología.

¡Madre mía! ¡Estaba hecha un manojo de nervios!

¡Y sí! Sabía que existía la posibilidad de que ya hubiera aceptado la propuesta de Mackenzie. Pero, a estas alturas, no tenía nada que perder.

He engullido el almuerzo a toda pastilla y me he metido corriendo en el cuarto de baño de chicas para practicar ante el espejo lo que pensaba decirle...

"Brandon, ya sé que te lo digo a última hora, pero ¡me encantaría que hicieras de mi pareja en el Baile de San Valentín!"

El ensayo general del cuarto de baño ¡ha salido PERFECTO!

Pero, cuando intentaba decírselo en persona, me he distraído por completo con lo que estaba pasando en clase...

143

¡Madre mía! ¡¡El examen ha sido un completo DESASTRE!!
Nos han pedido que dibujásemos el aparato locomotor
de un crustáceo, ¡y eso que me lo sabía muy bien!

Pero estaba tan NERVIOSA por lo mal que había salido
lo de invitar a Brandon al Baile de San Valentín que
me he quedado en blanco y no me acordaba de nada.
Así que he dibujado lo primero que se me ha ocurrido...

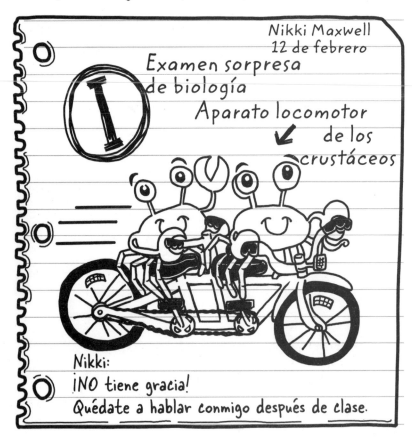

Por desgracia, mi profa NO ha sabido apreciar NI mi creatividad, NI mi humor NI mi talento artístico.

Después de clase, la señora Kincaid me ha dicho que estábamos en biología, no en DIBUJO. Y me ha advertido de que, si volvía a sacar otro insuficiente o a hacer el tonto en su clase, enviaría una nota a mis padres.

Y mis padres, claro, tomarían medidas exageradas: me quitarían el móvil. Y me castigarían hasta los 18 años.

Menos mal que la señora Kincaid permite que al final del semestre la nota más baja no cuente.

El caso es que ¡¡AÚN tengo que invitar a Brandon al baile!!

¡AAAAY!

Esa era yo estirándome de los pelos.

¡¿Por qué mi vida es tan terriblemente PATÉTICA?!

¡¡☹!!

Ayer estaba tan triste por lo de Brandon y aquel estúpido examen de bío que tuve ganas de encerrarme en mi habitación y recrearme en mi dolor toda la tarde.

Brianna estaba en la cocina, tarareando mientras preparaba sus tarjetas de San "Ventín" del Hada de Azúcar...

¡Entonces se me ha ocurrido una idea GENIAL!

¡Había pasado tanta vergüenza tratando de invitar a Brandon al Baile de San Valentín...!

En lugar de eso, ¿por qué no le entregaba una tarjeta de San Valentín? ¡¡Y, dentro, le ESCRIBÍA una nota invitándolo al baile!!

¡Sería bonito, dulce y romántico!

¡YAJUUU! ¡☺!

¡A eso no podría decir que no, ¿verdad?!

He revuelto toda la casa en busca de cosas chulas que pudiera utilizar para decorar la tarjeta: purpurina, cinta de raso, papel de envolver rojo metalizado, encaje, brillantitos y bolígrafos de gel.

Con mis canciones favoritas de Taylor Swift a todo volumen para favorecer la inspiración, he creado una preciosa tarjeta personalizada de San Valentín, exclusiva para Brandon...

YO, PREPARANDO UNA TARJETA PARA BRANDON

El último paso consistía en escribir una poesía sentida y profunda, inspirada en nuestra amistad y respeto mutuo. Por ejemplo...

EL DÍA DE SAN VALENTÍN
SIEMPRE ME HACE A MÍ TILÍN
Y, COMO ERES MI AMIGO,
AL BAILE QUIERO IR...
¡CONTIGO!

Sí, ya lo sé.

Mi poesía da más pena que el final de *Titanic*.

Taylor Swift hace que escribir canciones pastelosas sobre tu novio parezca fácil.

El caso es que esta mañana he ido al insti diez minutos antes para poder darle a Brandon mi tarjeta antes de que empezaran las clases.

Pero he tenido que esperar hasta la segunda hora, cuando POR FIN lo he visto junto a su taquilla hablando con Theo.

No me quedaba más remedio que seguirlo en plan acosadora y esperar el momento ideal para darle la tarjeta.

Pero ese momento no llegaba NUNCA. Siempre había alguien a su lado o hablando con él. No sabía que fuera tan popular.

Aunque seguía bastante traumatizada por el fracaso del examen sorpresa de ayer, tenía algo muy claro: ¡mi ÚNICA posibilidad de asistir al Baile de San Valentín era acorralando a Brandon en clase de biología!

Fui a la clase superpronto y me senté en mi sitio apretando la tarjeta entre las manos, esperando a que llegara. ¡Estaba hecha un manojo de nervios!

Durante ese tiempo de espera, pude preocuparme acerca de todas las cosas que podían salir mal DESPUÉS de que Brandon leyera la poesía.

Porque... ¿y si Brandon decía que NO? ¿O se reía de mí? ¡¿O sencillamente... VOMITABA?!

¡Madre mía! Estaba paranoica, sudorosa... ¡HECHA POLVO! Tenía la sensación de que todo el mundo me miraba y hablaba de mí...

YO, ESPERANDO NERVIOSA A BRANDON
PARA DARLE MI TARJETA

Cuando Brandon ha llegado por fin, creía que me iba
a hacer pipí encima.

"¡Hola, Nikki!, ¿qué tal?", ha dicho apartánadose el flequillo de los ojos, con una sonrisa ladeada.

Me he quedado mirándolo y he abierto la boca para responderle con un "hola", pero no me salía la voz.

"Oye, ¿estás bien?", ha preguntado preocupado. "Se te ve un poco, esto... ¿nervi?".

"Es que...", he soltado casi gritando, "te quería dar...".

"¡BRAAAN-DON! ¿A que el examen sorpresa de ayer fue HORRIBLE?", ha preguntado Mackenzie, interrumpiéndome a saco. "Creía que iba a suspender, pero al final me salvé con un notable alto. ¿Y tú, Nikki? ¿Qué has sacado en el examen, guapa?".

Me ha sonreído y me ha dirigido una de sus "inocentes" bajadas de pestañas.

Le hubiera partido la cara ahí mismo.

Pero, sin darme tiempo a contestar, ha dado media vuelta y ha empezado a darle la lata a Brandon sobre las ganas que tenía de ver todas las fotos estupendas que debía de haber hecho con la cámara que le regaló para su cumpleaños.

NO podía creer que esa tía me hiciera el vacío de esa forma. ¡Y no te lo pierdas! Ha seguido escupiendo tonterías por su asquerosa boca hasta el momento en que ha entrado la profa.

Con lo cual yo he PERDIDO cualquier oportunidad de hablar con Brandon ANTES de clase. Y, si Mackenzie se salía con la suya, era muy capaz de volver a acaparar su atención ¡y hacerme PERDER también la ocasión de hablar con él DESPUÉS de clase!

Estaba hasta las narices de sus jueguecitos y trampas.

Por eso he decidido darle la tarjeta a Brandon DURANTE la clase. ¡Para algo se sienta a mi lado!

Y Mackenzie no podría hacer nada para evitarlo.

Como la mayor parte de la clase lo había hecho verdaderamente mal en el examen sorpresa de ayer, la señora Kincaid ha dedicado la hora a hablar de los sistemas de locomoción de los crustáceos.

¡Madre mía! ¡Era TAN aburrido que creía que se me iba a derretir el cerebro y que empezaría a licuárseme por las orejas...!

"Los crustáceos tienen un exoesqueleto articulado. Su cuerpo está formado por tres tagmas o regiones: céfalon, tórax y pleon. Y todos los tagmas tienen apéndices. Los apéndices pueden ser estenopodios o filopodios. Los primeros son las patas marchadoras y los segundos...".

He observado a Brandon durante lo que me ha parecido una ETERNIDAD, esperando a que mirase hacia mí, pero estaba ocupado tomando apuntes.

Así que he decidido clavarle muy flojito el lápiz en el brazo.

Primero, me ha mirado sorprendido y, luego, un poco confundido.

He sacado la tarjeta de mi cuaderno y le he dicho
con los labios: "¡Es para TI!".

Ha pestañeado sorprendido, señalándose como
diciendo: "¿Para MÍ?".

He asentido. "¡SÍ!".

Mirando de reojo a la señora Kincaid, he deslizado la
tarjeta sobre la mesa en dirección a Brandon.

Pero creo que su sonrisa tan monísima debe de
haberme afectado el sistema nervioso, estropeándome
la coordinación óculo-manual, porque la tarjeta
ha pasado de largo por delante de Brandon, ha
resbalado y ha seguido deslizándose por el suelo
hasta detenerse ¡a unos veinte centímetros del pie
izquierdo de la señora Kincaid!

Yo iba a saltar para recogerla antes de que la viera.

Pero alguien se ha puesto a toser justo detrás de mí.

A toser pero que muy fuerte.

Era una tos tan FALSA que enseguida he supuesto que era de Mackenzie.

Lógicamente, la señora Kincaid se ha dado la vuelta.

Yo he fingido no ver la tarjeta encarnada y brillante que yacía en el suelo delante de ella, pero de poco me ha servido porque todos los demás compañeros la miraban como si fuera una serpiente carnívora bicéfala de dos metros de largo.

"Muy bonito. Mientras yo me esfuerzo por explicaros otra vez todo esto, ¿a alguien se le ha ocurrido entregar una tarjeta de San Valentín un día antes?".

Todo el mundo se ha reído por lo bajo.

"Vamos a ver, ¿de quién es ESTO?", ha preguntado mientras se agachaba a recoger la tarjeta.

Había tanto silencio en el aula que se podía oír el aleteo de una mosca. Ni Brandon ni yo nos sentíamos moralmente obligados a confesar.

Él no decía ni mu porque YO había traído la tarjeta a clase, y, por tanto, era MÍA (y no SUYA).

Y yo no decía ni mu porque le acababa de entregar la tarjeta, y, objetivamente, ya era SUYA (y no MÍA).

Por desgracia, mi coartada ha saltado enseguida por los aires, seguramente porque detrás de la tarjeta decía con letras de 7 cm de alto: "De parte de Nikki". ¡EJEM!

"Maxwell, ¡creo que esto es suyo!", ha señalado la señora Kincaid lanzándome una mirada asesina.

"Se... se me ha debido de resbalar del cuaderno... sin querer", he murmurado.

"¿Ah, sí? ¿O sea que no estaba usted pasando notas en clase?".

"De hecho, yo no lo llamaría 'nota'...", he balbucido. "Es más bien... una tarjeta".

Toda la clase se ha vuelto a reír.

"Pues... preferiría que no...", he tartamudeado.

Más risas. ¡Madre mía! ¡Estaba pasando TANTA vergüenza...! Hubiera cavado allí mismo un agujero para meterme dentro y... ¡MORIRME!

Brandon tenía las mejillas encendidas y parecía bastante nervioso.

La señora Kincaid ha leído la tarjeta en silencio, se ha cruzado de brazos y se ha quedado mirándome.

Luego, supongo que ha decidido ahorrarle a Brandon el bochorno total, porque ha dado media vuelta, se ha dirigido hacia su mesa y ha dejado ahí mi tarjeta.

"Nikki, te quedarás al acabar la clase".

Podía sentir los ojos de todo el mundo clavados en mí. Mackenzie, a quien se le había pasado la tos milagrosamente, ponía una de sus caras más pedantes.

Brandon se ha encogido de hombros y me ha dicho con los labios: "Lo siento".

Pero yo me limitaba a mirar fijamente al vacío.

¡NO podía creer que Mackenzie me hubiera tendido OTRA de sus trampas! Estaba tan enfadada que ¡¡podría haberle ESCUPIDO allí mismo!!

Y ahora seguro que enviaban una nota a mis padres y, posiblemente, hasta me impondrían alguna hora de castigo en el instituto.

Por fin ha sonado el timbre y ha terminado la clase de biología.

A Brandon se le veía bastante intranquilo. "¡Siento mucho lo que ha pasado, Nikki! Me quedaré esperándote fuera hasta que acabes de hablar con la profa, ¿vale?".

"¡No te preocupes! Era una tarjeta muy tonta. No pasa nada, en serio", he comentado tratando de sonreír. "Solo te faltaría llegar tarde a tu siguiente clase".

"Ya, claro. Pero me siento mal, porque has hecho esa tarjeta para mí". De pronto se le ha iluminado la cara. "Oye, hoy al salir del insti me voy a Fuzzy Friends. En la panadería que hay delante hacen unas magdalenas buenísimas. ¿Por qué no te pasas? Déjame que te regale eso. Además, no hemos vuelto a hablar mucho desde el día de mi cumpleaños".

"Gracias, estaría superguay", me he puesto colorada,

"pero, en principio, hoy después del instituto, tengo que cuidar de Brianna. Le preguntaré a mi madre si...".

"¡MAXWELL!", ha interrumpido la señora Kincaid. "Cuando acabe su charla, recuerde que la estoy ESPERANDO...!".

"¡Perdona!", le he dicho a Brandon, con mirada de paciencia. "Nos vemos luego. Quizá".

"Vale. ¡Ojalá! ¡Hasta luego!", ha contestado Brandon sonriendo y levantando el pulgar, dirigiéndose hacia la puerta.

He metido de mala manera mis cosas en la mochila y he ido despacio hasta la mesa de mi profesora.

"¿Quería verme?", he farfullado. Esperaba lo peor.

"Nikki, he observado que últimamente andas muy distraída. Ayer hiciste un dibujo en el examen y, hoy, estabas interrumpiendo la clase mientras pasabas una tarjeta de San Valentín, en lugar de tomar apuntes. ¿Va todo bien?".

Me he encogido de hombros. "Sí, supongo que sí.
Es que el Baile de San Valentín es mañana y había
pensado invitar a Brandon ayer, pero tuvimos el
examen sorpresa. Hoy me ha confiscado la tarjeta
que le iba a dar. Todo ha salido mal!", le he
explicado, intentando ignorar el nudo que se me había
formado en la garganta.

De repente, la señora Kincaid ha sonreído y ha
movido la cabeza de un lado a otro.

"A tu edad, ¡yo creía que NUNCA sobreviviría al
instituto! Pero sobreviví, igual que harás TÚ. ¡Ten!",
me ha dicho, devolviéndome la tarjeta. Y me ha
guiñado un ojo. "¡Buena suerte!".

Yo me he quedado mirándola, boquiabierta. Estaba
tan sorprendida que no sabía qué decir.

"Gracias, creía que me iba a... ¡Gracias!", he musitado.

"Pero se lo advierto, Maxwell: no quiero más tonterías
en clase, o acabará dibujando cangrejos y repartiendo
tarjetas en hora de CASTIGO".

Me he ido bailando la danza feliz de Snoopy hasta llegar a la biblioteca. ¡En mi cabeza, claro!

Mi plan A había fracasado, pero aún me quedaba un plan B. Me encontraría con Brandon en Fuzzy Friends a la salida del insti. Y luego, delante de una magdalena deliciosa, le entregaría mi tarjeta de San Valentín.

¡¡YUJUUU!! ¡¡☻!!

¡Me diría que SÍ! Y mañana, a esta misma hora, mis BFF y yo estaríamos muy cerca de nuestra primera cita formal.

¡Una cita triple! ¡Como la que siempre habíamos soñado!

He enviado un mensaje a mi madre y me ha dicho que me podía quedar en Fuzzy Friends, pero solo 45 minutos, porque era día laborable y tenía deberes.

¡Por fin habían terminado las clases! Me costaba creer que en cuestión de diez minutos la cosa sería oficial:

¡Iba a ir al Baile de San Valentín con Brandon!
¡¡MADRE MÍAAA!! ¡¡☺!!

Estaba en mi taquilla recogiendo el abrigo cuando he recibido dos mensajes de texto seguidos. Creía que eran de mi madre, pero no, mucho mejor, eran de...
¡BRANDON!

La emoción se ha convertido en conmoción cuando los he leído...

* * * * *

DE BRANDON:

Hola, Mackenzie:

¿Qué te ha parecido la movida de hoy en bío?

15:07 h

* * * * *

DE BRANDON:

¡Perdona, Nikki! Núm. equivocado.

15:08 h

* * * * *

¡Casi me da un infarto delante de la taquilla!

¡¡¿CÓMO PUEDE SER QUE BRANDON

ME HAYA ENVIADO POR ERROR A MÍ

UN MENSAJE PARA MACKENZIE?!!

¡No sé qué me ha parecido más fuerte, si la rabia que he sentido o las náuseas!

Era como si Brandon estuviera SIEMPRE hablando con Mackenzie o haciendo algo para el periódico con ella.

Y ahora ya era innegable que ¡también le enviaba MENSAJES de móvil con bastante regularidad!

Y todo eso ¡¡¡¿¿mientras me invitaba a MÍ a recogerlo en Fuzzy Friends para comer magdalenaaas??!!! ¿Cómo se atrevía?

He sacado del fondo de la mochila el artículo de la revista: "Cómo saber cuándo realmente NO le interesas a un chico", que por entonces estaba ya hecho polvo.

Lo he vuelto a leer y he tachado el último punto de la lista:

5. Pasa muchísimo tiempo con otra chica.

He suspirado y he reprimido las lágrimas. ¡Me sentía tan IDIOTA...!

Brandon NO tenía absolutamente ningún interés en mí.

Según los EXPERTOS, había cumplido las CINCO advertencias que aparecían en la lista. Las he documentado a fondo una por una...

Tenía que dejar de seguir engañándome.

Brandon y Mackenzie eran pareja y probablemente irían al baile juntos.

Y, aunque no fuera así, ahora ya era IMPOSIBLE que yo invitara a Brandon al baile, ¡después de recibir esos dos mensajes!

¿Cómo podía ser amigo de Mackenzie sabiendo lo MAL que me trataba?

Y ¿POR QUÉ un chico como él iba a querer ser amigo de una tía así? ¡TEATRERA, mala, mimada, manipuladora y engreída! ¡Y eso por mencionar solo sus MEJORES cualidades!

Mañana tendré que decirles a Chloe y Zoey que, al final, no pienso acompañarlas al baile. Sé que, para ellas, será una decepción y eso, pero mi historia con Brandon NO funciona de ninguna manera.

Espero que lo entiendan.

Si ya es triste perder a un buen amigo como Brandon por culpa de Mackenzie, lo último que deseaba era perder también a mis BFF.

Me quedaría otra vez sola en el instituto.

He suspirado a fondo y he cerrado de golpe la puerta de la taquilla justo en el momento en que Mackenzie y Jessica pasaban casi rozándome entre risitas.

Mackenzie iba parloteando: "¡Oh, cielos, Jess! Adivina quién me acaba de enviar un mensaje!". Le ha enseñado el móvil a Jessica y las dos se han puesto a dar gritos de emoción como dos cerditos histéricos.

No quería discutir con Mackenzie.

No quería ir al baile con Brandon.

No quería decepcionar a mis BFF.

¡Lo único que quería era irme corriendo a casa y darme una panzada de LLORAR!

Pero antes tenía que hacer una parada en el cuarto de baño. Aunque no fuera para lo más obvio.

He sorbido por la nariz y me he secado una lágrima que resbalaba por la mejilla.

Después, he roto la tarjeta de San Valentín en mil pedazos, los he arrojado al váter y he tirado de la cadena.

¡¡☹!!

Ya me había hecho a la idea de que NO IRÍA al Baile de San Valentín. Pero me seguía sintiendo decepcionada, herida y profundamente destrozada.

Supongo que la cosa me había traumatizado bastante, porque tuve una pesadilla horrorosa.

Era la noche del Baile de San Valentín y yo estaba en casa cargando el lavavajillas, muy deprimida.

De pronto, aparecía mi hada madrina y agitaba su varita mágica, convirtiendo mi pijama de corazones en un precioso vestido de noche y mis zapatillas de conejitos en un par de zapatos de cristal.

Luego ha vuelto a agitar la varita y ha transformado el Coche Volador Mágico del Hada de Azúcar de mi hermana (con faros de verdad) en una limusina de tamaño natural, y el Bebé Unicornio de Brianna, en chófer.

¡Madre mía! ¡Igualito que en la Cenicienta!

Y cuando llegaba al Baile de San Valentín, Brandon estaba esperándome allí, vestido de príncipe. Bailábamos toda la noche y nos lo pasábamos de maravilla juntos. ¡Era TAN romántico!

Pero, justo después, el reloj daba las doce campanadas, Mackenzie era coronada Princesa de San Valentín y mi cuento de hadas se convertía en una historia de terror. El vestido y los zapatos volvían a transformarse en el pijama y las zapatillas de conejitos. Y la limusina y el chófer lo hacían en el Coche Volador Mágico del Hada de Azúcar (con faros de verdad) y en el Bebé Unicornio.

¡Madre mía! ¡Sentía TANTA vergüenza de estar en pleno baile del instituto en pijama y rodeada por los juguetes de Brianna! ¡Todo el mundo se reía de mí! ¡Hasta Brandon, Chloe y Zoey!

Aunque ahora viene la parte que da más miedo. De repente, Mackenzie se convertía en un enorme monstruo de colmillos afilados y se ponía a rugir y a perseguirme por toda la sala. Yo escapaba por los pelos montada en el Bebé Unicornio...

¡GRRRRR!

← MACKENZIE

Creo que ha sido la PEOR pesadilla que he tenido en mi vida.

Me he despertado empapada en sudor.

¡Pero ahora viene lo más delirante!

Aunque ya me había despertado por completo, con
la vista fija en el techo, he seguido oyendo rugir a
Mackenzie (por llamarla de alguna manera).

¡GRRRRRRRRRRRRR!

¡GRRRRRRRRRRRRRR!

¡GRRRRRRRRRRRRRR!

Parecía que viniera de fuera.

He corrido hacia la ventana y he mirado afuera
asustada, temiendo ver un monstruo maquillado
y con tiara aterrorizando a todo el barrio.

¡Madre mía! ¡No podía creerlo!

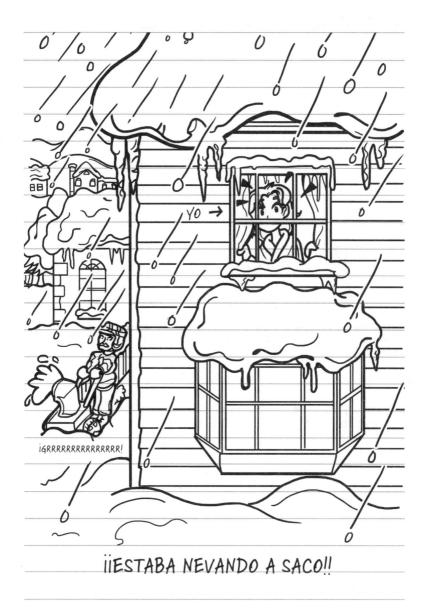

¡¡ESTABA NEVANDO A SACO!!

¡Y con la nevada de la noche anterior se había
acumulado un montón de nieve!

Mientras que los rugidos de mi sueño procedían, en realidad, de la máquina quitanieves de mi padre.

TODOS los colegios e institutos de la zona estaban cerrados, incluido el WCD.

Y entonces he caído en la cuenta. ¡Madre mía! ¡Seguramente cancelarían también el Baile de San Valentín!

Me ha dado pena por mis BFF y las demás chicas del insti. ¡Debían de estar SUPERtristes!

En general, me encanta cuando cancelan las clases por la nieve. Pero hoy me daba un poco igual.

Por eso he decidido hacer algo especial para animarme. Iba a preparar

¡UN BIZCOCHO CASERO DE CHOCOLATE DOBLE! ¡☺!

¡BRIANNA! ¡¡¿¿POR QUÉ ESTÁN TUS HUELLAS EN MI BIZCOCHO DE CHOCOLATE DOBLE??!!

Por suerte, he podido disimular las huellas de Brianna esparciendo esos corazoncitos dulces de San Valentín tan monos por todo el bizcocho.

He llamado a Chloe y Zoey para interesarme por el baile. Tenían dos noticias: una buena y otra mala. La mala era que el baile se había cancelado por la nevada. La buena, que se aplazaba hasta el viernes 28 de febrero. Estaban algo depres porque ya se habían hecho a la idea de que el baile sería

ESTA NOCHE, pero yo les he recordado que iba a celebrarse ¡TAN SOLO dentro de dos semanas!

En cualquier caso, Brianna y yo les hemos entregado a mamá y papá, después de comer, sus tarjetas de San Valentín y un trozo de bizcocho. ¡Les ha ENCANTADO todo!

¡¿PARA MÍ?!

¡QUÉ ILUSIÓN!

FELIZ SAN VALENTÍN

He alucinado un poco al recibir un mensaje de Brandon que decía: "¡FELIZ DÍA DE SAN VALENTÍN! ¡Mientras me como tus bombones, pienso en ti! ¡☺!".

A pesar de la tormenta de nieve que había fuera, y del huracán de escala 1 que había dentro (también conocido como "Brianna"), así como de la oscura tempestad que zarandeaba mi vida amorosa, logré salir viva del día de San Valentín. ¡Lástima no tener un pegamento mágico con el que arreglar todos los corazones rotos del mundo!

SÁBADO, 15 DE FEBRERO

Hoy la señora Wallabanger me ha pedido que vigile a su adorable nietecito Oliver durante un par de horas mientras se iba a jugar al bingo al hogar de jubilados.

¡Vaaale! ¡Me equivoqué! El otro día NO debía haberme metido tanto con Brianna diciéndole que le gustaba Oliver.

Y entiendo que SIGA un poquito enfadada conmigo por la cancioncilla de que estaban ENAMORADOS.

Pero ¿cómo iba a imaginar que se escondería en un armario y se negaría a jugar con él? ¡Sobre todo después de lo bien que se lo pasaron juntos en el Castillo de Golopark!

Intentar convencer a Brianna para que saliera del armario resultó muy difícil. "¡Venga, Brianna, porfa! ¡Sal a jugar con Oliver! ¡Verás qué divertido!".

Oliver ha asentido sonriente: "Brianna, ¿quieres jugar con el Camión Monstruoso del Hada de Azúcar?".

Al final, Brianna ha abierto poco a poco la puerta del armario y ha asomado la cabeza.

BRIANNA, ASOMANDO LA CABEZA POR LA PUERTA DEL ARMARIO

¡Mira que puede llegar a ser teatrera mi hermanita!

Sabía perfectamente que, si no fuera por Oliver, la habría sacado del armario tirándole de los pantalones hasta dejarle marca en todo el trasero.

Brianna me ha puesto cara de paciencia y al final ha salido haciéndose la enfadada.

La mocosa mimada no ha apreciado mi esfuerzo de pasarme quince minutos distribuyendo por la sala de estar todo un surtido de juguetes, juegos y peluches.

Incluso he encontrado algunos dinosaurios, astronautas y animales salvajes para Oliver, gracias al Viaje a la Isla de los Dinosaurios del Hada de Azúcar, al Viaje a Marte en Cohete del Hada de Azúcar y a la Gran Aventura Safari del Hada de Azúcar.

Y, sin embargo, incluso con la habitación llena de juguetes, Brianna y Oliver se han quedado ahí sentados, mirándose como si no se conocieran de nada.

"¡Mira, Oliver! ¡Mira que tiranosaurio rex más chulo!", he dicho con entusiasmo. "¡GRRRR! ¡GRRRR!".

"Brianna, ¿por qué no le enseñas a Oliver tu nave espacial del Hada de Azúcar con efectos de despegue reales? ¡FIUUUUU!".

"¡Ni hablar!", ha dicho. "¡Los niños tienen PIOJOS!".

Oliver ha suspirado con tristeza. ¡Pobre chaval! Me daba pena por él. De pronto, Brianna ha empezado a meterse directamente conmigo y con mis aptitudes como canguro.

"Nikki, como canguro, ¡lo haces FATAL! Si nos vigilara la señorita Penélope, ¡nos lo pasaríamos mucho mejor!".

"¡Vale, pues que lo haga ELLA!", he dicho. "¡Así verá lo difícil que es vigilar a una mocosa mimada como tú!".

"¡Vale!", me ha gritado Brianna. "¡Estás... DESPEDIDA!". Y ha sacado a la señorita Penélope.

A Oliver se le ha puesto una sonrisa de oreja a oreja mientras se sacaba corriendo del bolsillo su viejo muñeco calcetín, el señor Botones. En cuestión de segundos, la señorita Penélope le estaba enseñando la nave espacial del Hada de Azúcar al señor Botones.

"¡Soy astronauta y he viajado por toda la galaxia! ¿Quieres ver polvo lunar?", le ha preguntado el señor Botones.

"¡¿De verdad tienes POLVO LUNAR?!", ha exclamado la señorita Penélope.

~~Oliver~~ El señor Botones ha sacado del bolsillo de Oliver arena y piedras que ha dejado caer al suelo...

EL SEÑOR BOTONES Y EL POLVO LUNAR

"¡MOLA!", ha gritado la señorita Penélope admirada.

¡No daba crédito a mis ojos! Al cabo de un minuto, la señorita Penélope y el señor Botones se lo estaban pasando tan bien riendo, jugando y corriendo que Brianna y Oliver se les han añadido.

Los ~~dos~~ cuatro se han ido de viaje a Marte y han mantenido una conversación en idioma extraterrestre. Luego han ido a cazar el Hada de los Dientes por la selva montados en dinosaurios.

Como la señorita Penélope tenía a los dos petardillos bajo control (Brianna tenía razón, era mucho MEJOR canguro que yo), he decidido relajarme e ir a comer algo mientras escribía en mi diario.

Todo iba como la seda hasta que he oído llorar a Oliver. Había perdido al señor Botones. Brianna insistía en que lo había SECUESTRADO el Hada de los Dientes.

Oliver estaba MEGAtriste. "¡Yo qui-quiero al señor Botoneeees! ¡Es mi mej-mejor amigo!", gemía.

Enseguida se han puesto también a llorar Brianna y

la señorita Penélope. "¡El señor Botones se ha ido
para siempreeee!".

En fin, que tendré que dejar lo del diario para
después, porque ahora mismo ¡la canguro tiene que
resolver una emergencia!

He oído decir que hay gente que se queda
traumatizada para siempre porque perdieron su
mantita, su amuleto o su juguete favorito cuando
eran pequeños.

Eso explicaría por qué hay tantos chicos de mi
instituto ¡tan DESHECHITOS!

Y ¿qué debería hacer ante una situación como esta?
¡¿Llamar a emergencias para denunciar la pérdida de
un calcetín sucio llamado "señor Botones"?!

¡¡☹!!

(CONTINUARÁ...)

¿Por dónde iba (mano en la barbilla y cara de pensar)...?

¡Ah, sí! Por cuando se perdió el señor Botones, y Oliver, Brianna y la señorita Penélope sufrieron un ataque de pena simultáneo.

¡Miramos POR TODAS PARTES! ¡Y no encontramos aquel estúpido calcetín! Yo sabía que los calcetines tienen la mala costumbre de desaparecer en la secadora, pero no que también se volatililzaran.

"¡Nikki! ¡Tú eres la canguro!", me gritó Brianna. "¡Haz algo! ¡AHORA mismo!".

Pero... ¿cómo se atrevía? ¿Hablaba en serio? "¿Ahora que se ha PERDIDO el señor Botones y que todo el mundo está LLORANDO? ¿Ahora sí que soy la canguro?", le grité. "Pues yo creo que todo es culpa de la señorita Penélope. ¡Dile a ELLA que lo busque!".

Al final, como YO era la hermana mayor, madura y responsable, decidí hacerme cargo del asunto.

Tras mucho rebuscar en mi cajón de calcetines, encontré uno viejo y desparejado con volantes y encajes. Le dibujé una cara con un rotulador permanente, le grapé unos hilos de lana como pelo, le puse un poco de pintalabios rojo y ¡ZAS!, ¡había nacido una muñeca! La llamé Maxine, porque era tan FEA como la Cucaracha Max (una espantosa cucaracha de plástico de dos metros que viaja pegada al techo de la furgoneta de control de plagas de mi padre).

Aunque, bien mirado, con tanto pelo, pestañas largas, el vestido elegante lleno de encajes y volantes, esa expresión embobada y la gruesa capa de pintalabios, se parecía sorprendentemente a... bueno, ¡MEJOR DEJÉMOSLO! Fui corriendo al salón para presentar a Maxine ante Oliver.

"Oliver, ¡no llores más!", dijo Maxine con voz de pito. "Todo saldrá bien, ¡te lo prometo!".

"¿Qui—quién eres tú?", gimió Oliver.

"Soy la hermana mayor del señor Botones y me llamo Maxine, encantada de conocerte".

MAXINE

"¡Hala! ¿De verdad eres la HERMANA del señor Botones?", dijo Oliver riéndose mientras se secaba las lágrimas.

Supongo que Brianna estaba un poquito celosa, porque lo que hizo fue mirar mal a Maxine, poner cara de desaprobación y decir: "Esto... ¿POR QUÉ tienes bolas de pelusa por toda la cara?".

"¡Sí! ¡Y tu pelo también es un poco raro!", se burló la señorita Penélope, mirando a Maxine de arriba abajo.

"¡Quieta ahí, listilla!", dijo Maxine mirando con desprecio a la señorita Penélope. "¡Yo, al menos, TENGO pelo!".

Vale, tal vez Maxine traía un poco de PELUSA. ¡No iba a destrozar un par de calcetines buenos! Y ¿por qué la señorita Penélope se ponía tonta e insultaba a otra marioneta cuando ELLA también era una marioneta? ¿No era todo extraño, surrealista y algo escalofriante?

"He venido para ayudarte a encontrar al señor Botones. Pero no te preocupes por él. Es muy bromista y seguro que está jugando al escondite", dijo Maxine.

La cara de Oliver se iluminó. "¿Ah, sí?".

"¡No la escuches!", gritó Brianna furiosa. "¡Yo pienso que lo ha RAPTADO el HADA DE LOS DIENTES!".

"¡Tengo una gran idea, Oliver!", ~~dijo Maxine~~ dije yo. "¿Por qué no te quedas un momento con Maxine mientras sigo buscando al señor Botones?".

"¡Sí, vale!", contestó Oliver contento.

Le tendí Maxine a Oliver y me fui a recorrer la casa en busca del señor Botones. Cuando volví al salón, vi que Brianna y Oliver lo habían forrado entero con un montón de carteles de "Rabtado", "Desparido" y "Se vusca", en una tentativa desesperada por recuperar el muñeco.

Cuando Brianna estaba a punto de pegar un cartel en un cojín del sofá, soltó un grito de sorpresa. "¡Mirad! ¡Es el señor Botones! ¡El Hada de los Dientes lo había raptado y escondido debajo del cojín!".

"¡Señor Botones, señor Botones!", gritó Oliver. "¡Qué contento estoy de verle!".

Todos le dimos un gran abrazo al señor Botones, y justo entonces sonó el timbre de la puerta. Era la señora Wallabanger.

"Hola, señora Wallabanger", dije, aliviada de que no hubiera llegado cinco minutos antes.

"Hola, Nikki, cariño. ¿Cómo están nuestros pequeños granujas?".

"¡Están GENIAL!", contesté. "Hemos jugado mucho, hemos pegado cosas con CELO por las paredes y los muebles e incluso hemos tenido una verdadera AVENTURA".

La señora Wallabanger se puso seria de repente.

"¿Cómo dices? ¡¿Que estoy FATAL, que no tengo casi PELO y que necesito ponerme una DENTADURA?!", dijo muy ofendida.

"¡NO, qué va! ¡Está usted muy guapa! ¡Como siempre!", dije para tranquilizarla.

Antes de irse, Oliver me abrazó con fuerza.

"¡Nikki! ¡Eres la mejor canguro que el señor Botones y yo hemos tenido!".

"¡Gracias, Oliver! Maxine y yo esperaremos impacientes vuestra próxima visita".

Dio unos pasos por la acera de la mano de su abuela, pero de pronto se dio la vuelta y volvió corriendo hasta la puerta para abrazar a Brianna.

"Gracias por encontrar al señor Botones", le susurró. "¡Mira lo que te ha hecho!".

Oliver se llevó la mano al bolsillo trasero de su pantalón y le tendió a Brianna una cartulina roja enrollada.

Brianna la desenrolló y apareció el corazón de San Valentín más arrugado, torcido y bonito que he visto.

Brianna y la señorita Penélope se quedaron embobadas, con una sonrisa en la cara y diciéndoles adiós con la mano.

"¡Adiós, Oliver! ¡Adiós, señor Botones! ¡Volved pronto!".

¡OOOOOOOOH! ¡☺! ¡La escena era tan bonita y azucarada que casi no se podía aguantar!

Cierto que Oliver resultaba, en ocasiones, un poco rarito. E incomprendido. Pero ¡era tan buen niño! La señora Wallabanger tenía suerte de tenerlo como nieto.

Entonces me di cuenta de que Oliver me recordaba mucho a... alguien de cuyo nombre no quiero acordarme.

Pero, bueno, estaba muy contenta de que Brianna tuviera un nuevo amigo con el que tenía tanto en común.

Solo esperaba que Oliver no cambiara demasiado al hacerse mayor. Como..., ya sabes, ocurre con algunos.

¡Casi lo olvido! Hablando de amigos nuevos, ahora tengo una compañera de habitación... ¡¡MAXINE!!

Se instalará en mi cajón de calcetines.
¡¡☺!!

Debido a la tormenta de nieve del viernes, ¡hoy era extraoficialmente el día de San Valentín en el insti!

Chloe, Zoey y yo nos hemos intercambiado tarjetas. Han probado mi bizcocho casero y ¡les ha ENCANTADO!

Esta mañana he visto que Brandon se quedaba mirándome en el pasillo, como si me quisiera decir algo, pero yo lo he ignorado por completo.

Y, en clase de biología, me he fijado en que llevaba una tarjeta de San Valentín o algo parecido dentro del cuaderno. He supuesto que sería de Mackenzie. O incluso PARA Mackenzie.

Pero no me apetecía quedarme para averiguarlo. En cuanto ha sonado el timbre, he recogido mis bártulos y he salido pitando de allí.

Y hablando de Mackenzie, ¡ya sé que esa tía ME ODIA A MUERTE! ¡Pero ni en un millón de años habría llegado a imaginar que caería tan bajo como para intentar AHOGARME!

Hoy, en clase de EF, mi profa ha anunciado que nos hablaría de la seguridad dentro del agua y del sistema de parejas de natación.

Vale, lo confieso: uno de los secretos más vergonzosos que guardo es que NO nado muy bien. Imagina qué patético es ver a Brianna nadando tan pancha como un perrito por la parte honda de la piscina, mientras yo voy tanteando el suelo con el pie por la piscina de niños.

¡Eso sí que es HUMILLANTE! ¡☹!

"¡Atención todos!", ha dicho la profa. "Espero que hayáis leído el folleto sobre seguridad en el agua que os di la semana pasada. Hoy vamos a hablar de lo que hay que hacer cuando tu compañero de natación está en apuros. Necesitaré dos voluntarios".

Mackenzie y yo nos hemos lanzado inmediatamente miradas asesinas. La sola idea de imaginarnos como compañeras nos producía arcadas.

Y me temo que la profa nos debe de haber visto, porque en ese momento ha decidido que obligarnos a llevar unos bañadores de reglamento que apestan, cuelgan y pican NO era suficiente tortura.

"A ver. Por ejemplo..., MAXWELL y... HOLLISTER".

NUESTRA PROFA DE EF, OBLIGÁNDONOS A MACKENZIE Y A MÍ A SER COMPAÑERAS DE NATACIÓN

Mackenzie y yo hemos protestado poniendo los ojos en blanco en señal de disconformidad.

He sentido náuseas automáticamente, y eso que ni siquiera había empezado a tragar el agua asquerosa de la piscina, llena de gérmenes.

"Muy bien, vamos a realizar un simulacro. Hollister, tú serás la compañera que se ha quedado en la orilla, y Maxwell, tú serás la que tenga problemas en el agua".

Al menos una cosa estaba clara: no me iba a costar mucho representar bien mi PAPEL.

"Una cosa, profa: ¿no podría... elegir a otra persona?", he dicho tartamudeando. "Lo de nadar no se me da muy b...".

"¡Venga, Maxwell, deprisa! ¡Al agua! ¡YA!", me ha gritado la profa, como si estuviera entrenándome en el equipo olímpico de natación o algo por el estilo.

Así que he cogido carrerilla, me he tapado la nariz, y he saltado de bomba al agua...

¡CHOF!

¡Madre mía! ¡Menudo ladrillazo! ¡Me he quedado literalmente sin respiración! Ahí estaba yo, tosiendo medio ahogada y chapoteando.

"Muy bien, Hollister. Imagínate ahora que estás en la playa y que te das cuenta de que tu compañera de natación está en apuros. ¿Qué har...?".

"Un momento", ha interrumpido Mackenzie, "¿qué playa es?".

"No lo sé... ¡CUALQUIER playa!", ha respondido impaciente la profa. "Eso no importa".

"Vale, pues pongamos que es una de ¡MIAMI!", ha dicho Mackenzie emocionada.

"Muy bien, pues estás en una playa de Miami y crees que tu compañera podría estar en apuros. ¿Qué harías?".

"¿Que qué haría? Mmm... Es difícil decirlo. De entrada, ¡probablemente NO IRÍA a Miami! Fuimos el año pasado de vacaciones y había demasiados TURISTAS", ha dicho la muy repelente. "¡Mucho mejor decantarse por una playa brasileña, con la carpita refrigerada, un té helado de melón y frambuesa, y rodeada de guapos surfistas!".

"¡Basta! ¡Estamos hablando de seguridad en el agua", ha dicho la profa casi histérica.

¿La sangre no le riega el CEREBRO o qué?

"¡Date prisa y contesta de una vez, Mackenzie!", he gritado. "¡No podré aguantar mucho más!".

Mackenzie se ha rascado la cabeza y ha dirigido una mirada larga y vacía a la profa.

"Mmm... ¿Es un cuestionario de múltiples opciones?", ha preguntado enrollándose un mechón de pelo. "Porque me han dicho que las playas de Hawaii son para morirse".

"¡¡Rampa, rampa, rampa!!", he chillado sin apenas aire. "¡SOCORROOO!".

"Hollister, deberías estar pendiente de tu compañera de natación todo el tiempo", ha gritado la profa. "¡Puede hallarse en serios APUROS! ¡Haz el favor de saltar al agua y salvarla!".

"¿Quién? ¿YO? Va a ser que no...", ha contestado con frialdad Mackenzie. "Hoy me he rizado el pelo".

"¡¡¡Eres ¡GLU! la peor ¡GLU! compañera ¡GLU! del mundo!!!", he dicho tragando cada vez más agua.

Y luego me he hundido. No recuerdo nada más. Supongo que me he desmayado y la profa ha saltado al agua para rescatarme. Al menos, eso es lo que me han contado. Pero lo que SÍ recuerdo es haberme despertado sobre las baldosas, al borde de la piscina.

Estaba rodeada por compañeras de clase que se reían, una profa no muy contenta y mis BFF.

Entonces he notado que tenía algo raro en la cintura.

He inclinado la vista y he descubierto que llevaba puesto un donut amarillo inflado, lleno de patitos.

No era ni la MITAD de mono que el caballito de mar que mi profa no me dejó llevar en la piscina la semana pasada.

¿Cómo se come eso?

"Llevarás eso puesto lo que queda de clase. ¿De acuerdo, Maxwell?", me ha ordenado la profa. "Si tanto te cuesta nadar en tan solo un metro veinte de profundidad, cualquier ayuda es poca".

"¿Cómo?", he exclamado. "¿Me está diciendo que casi me ahogo en UN METRO y VEINTE centímetros de agua? ¡Pero si eso no me llega ni a los hombros! ¡Yo creía que estaba en la parte más honda!".

La profa ha suspirado con cara de resignación.

¡Glups! ¡Menudo corte! ¡☹!

El caso es que nos ha soltado otro de sus discursos.

"¡Escuchad todos! La seguridad en el agua es un asunto muy serio. ¡Lo de las parejas de natación NO es ningún juego; se trata de salvar vidas! Para comprobar que todos y cada uno de vosotros ha entendido estos conceptos, mañana haremos una prueba escrita. ¡Lo siento, pero, después de lo ocurrido hoy aquí, no me queda más remedio!", ha dicho lanzando una mirada a Mackenzie.

Esta vez todo el mundo ha protestado, yo incluida. La profa ha seguido hablando. "Leed el folleto que os di. Lo único que tenéis que hacer es aprender lo que dice. ¿Alguna pregunta?".

Toda la clase estaba bastante enfadada, a juzgar por las miradas de odio que recibía Mackenzie.

"¡Eh, a MÍ no me echéis la culpa!", ha dicho encogiéndose de hombros y pestañeando "inocentemente".

Luego se ha dado la vuelta en seco y me ha señalado directamente a la cara...

¡La culpa es de ELLA!
¡DE LA PEDORRA DEL DONUT!

NO podía creer que me arrojara a los leones de esa forma.

Y, DESDE LUEGO, ¡no me hacía ninguna gracia lo de "la pedorra del donut"!

Si Mackenzie no se hubiera quedado ahí parada planeando como una TONTA sus próximas vacaciones en la playa mientras veía cómo me AHOGABA, no habría examen mañana.

Y, para colmo, ¡de educación física!

¡Era culpa SUYA!

Pero, claro, ¡como Mackenzie es doña PERFECTA...!

Y ahora todos los GPS estaban cuchicheando mientras me señalaban y ponían cara de fastidio.

¡La "PEDORRA del donut"!

¡UF! ¡Me rindo!

La próxima vez...

¡Dejad que ME AHOGUE!

¡¡☹!!

¡AAAAAAAAAAAAAAAHHH!

(¡Esa era yo gritando!)

Porque he FLIPADO de horror cuando esta mañana he visto lo que he visto en mitad del pasillo del insti.

¡Me ha parecido surrealista! Era como una de mis peores pesadillas. ¡Quería llamar a mis padres para que me recogieran!

¿QUIÉN había podido hacerme eso? Y ¿POR QUÉ?

En el instituto solo había tres personas que sabían de su existencia.

Me estoy refiriendo a aquella foto horrenda y embarazosa que mi hermanita mimada Brianna envió sin querer al mundo ENTERO. Bueno, vale, quizás NO exactamente al mundo entero.

¡Solo a CHLOE, ZOEY y BRANDON!

¡Solo de mirarla me da dolor de cabeza!

Chloe y Zoey estaban muy enfadadas y me juraron por Snoopy hasta TRES veces que ellas no tenían NADA que ver con eso. Y yo quería creerlas.

Entonces solo quedaba... BRANDON. Pero ¿POR QUÉ me haría eso a mí? ¿O por qué le mandaría mi foto a alguien capaz de hacerlo? En fin, ahora verás lo que he visto al llegar esta mañana al insti...

¡ESTABA LLENO DE CARTELES PIDIENDO
EL VOTO PARA MÍ!

Pero lo más humillante ha sido que todos creyeran que YO MISMA había forrado las paredes del instituto con esos espantosos carteles porque QUERÍA que me votasen.

Cuando, en realidad, ¡NO he colgado ni uno solo! ¡NI DESEO que me voten como Princesa de San Valentín! Vale, de acuerdo, reconozco que tampoco me enfadaría si lo hicieran...

¡Vamos, venga ya! ¡Pero si soy la tía más desgraciada del instituto! ¿QUIÉN iba a votar por mí?

Y, en el caso de que HUBIERA habido alguna posibilidad de que alguien lo hiciera, desde luego con la foto de marras habrán cambiado de idea, fijo.

¡Este MONTAJE olía a Mackenzie Hollister por los cuatro costados! Daría cualquier cosa por saber cómo llegó mi foto a sus sucias zarpas.

Menos mal que tenía a mis BFF para ayudarme a arrancar todos los carteles.

¡RAS!

VOTA A NIKKI MAXWELL

CHLOE, ZOEY Y YO ARRANCANDO
LOS ESPANTOSOS CARTELES

¿Por qué narices querría hacer esto Mackenzie cuando sabía perfectamente que no voy a ir al baile? ¿Era para pasarme por la cara que no tenía pareja? ¡Estoy tan harta de sus jueguecitos y sus trampas!

Para empeorar las cosas, a la hora del almuerzo he recibido un mensaje de Brandon.

* * * * *
DE BRANDON:
Dabas un poco de miedo en esa foto.
Pero SIGUES siendo mi amiga :-p !
12:36 h
* * * * *

¡Voy a tardar AÑOS de intensa terapia en superar todas las experiencias traumáticas que he tenido en el instituto la última semana!

¡¡AAAAAAAAAAAHHHHH!!

(Esa era yo gritando ¡OTRA VEZ!)

¡¡☹!!

Hoy, en clase de natación, teníamos prueba de aptitud de buceo.

"Escuchadme todos. La finalidad de esta prueba de aptitud es medir vuestra capacidad de inmersión y recuperar los objetos que hay en el fondo de la piscina lo más deprisa posible", ha sentenciado la profa. "Tenéis que recoger siete anillas de plástico en total".

¡Anda ya! Pero ¿qué dice? ¿Para qué nos estamos preparando? ¿Para el show de los delfines? Solo le falta vender entradas a la gente para que venga a vernos y nos eche peces de premio cuando lo hagamos bien. Es una idea...

¡Y no te lo pierdas! ¡Ni siquiera había una ambulancia o un equipo de emergencia altamente cualificado por si nos pasaba algo!

Como esos que siempre vemos en la banda durante los partidos de fútbol americano del insti.

¿No se le ha ocurrido a la profa que podíamos necesitar reanimación cardiopulmonar o incluso oxígeno?

¿O, al menos, uno de aquellos ganchos gigantes para sacarnos del agua en caso de emergencia?

Era el turno de Mackenzie. Cuando la profa ha gritado "¡YA!", Mackenzie se ha tirado a la piscina, sin apenas salpicar. En unos segundos había recogido todas las anillas y ya estaba fuera del agua, con el tiempo más rápido de toda la clase.

Saludaba y mandaba besos a todos, como si acabara de ganar una medalla de oro olímpica o algo por el estilo.

¡Esa tía es tan ENGREÍDA!

Pero a mí eso no me ha intimidado en absoluto.

Precisamente el verano pasado papá compró en una venta de garaje todo lo que yo iba a necesitar hoy en mi prueba de aptitud...

YO, LISTA PARA SUMERGIRME
CON MI TRAJE DE BUCEO

Al grito de "¡YA!", he saltado y he cogido las anillas
en un tiempo récord. ¡Más rápida que Mackenzie!

Mi profa de EF me ha felicitado por mi notable actuación. Pero luego se ha puesto seria y me ha plantado...

¡un enorme CERO! ¡☹!

¡Yo estaba tan INDIGNADA!

"Lo siento, Maxwell", ha dicho la profa, "pero tenías que recuperar unas anillas de plástico, ¡NO un tesoro perdido! No se permiten trajes de BUCEO!".

¡Ah, vaya! ¡Con que iba contra el reglamento de la piscina! Pero ¿yo CÓMO iba a saberlo?

El único cartel con un reglamento a la vista decía:

WCD REGLAMENTO DE LA PISCINA
1. PROHIBIDO correr
2. PROHIBIDO comer
3. PROHIBIDO hacer el burro
4. PROHIBIDO orinar en la piscina
5. PROHIBIDO llevar flotador

No había nada en esa lista que dijera . . .

Prohibido llevar traje de buceo

Entonces no he podido aguantar más y le he soltado a mi profesora: "¡Perdone, profa, pero yo NO soy una ballena jorobada capaz de sumergirme hasta las profundidades más recónditas, oscuras y peligrosas de la piscina. NECESITO máscara, traje de buceo, regulador, botella y aletas. Además, la piscina es tan honda que se me podrían reventar los globos oculares. Y podría morir por descompresión rápida".

"¡Encima, ni siquiera se ha molestado en traer una ambulancia por si me tenían que llevar corriendo al hospital! ¡Ahora querría verla YO a USTED sumergiéndose hasta el fondo sin que le dé un infarto ni nada!".

Pero solo lo he dicho en el interior de mi cabeza y nadie más lo ha oído.

¡Esa prueba de aptitud de buceo ha sido TAN injusta! Deberían dejarme repetirla. ¡Es una idea! ¡¡☹!!

Empiezo a preocuparme en serio por la nota de natación. Si bajo del bien en la nota final, la profa pedirá reunirse con mis padres.

¡Madre mía! ¿Y si acabo perdiendo la beca que me concedieron gracias a un contrato de fumigación y no puedo seguir asistiendo a este instituto?

Por si no tuviera suficientes problemas, he visto que Brandon no dejaba de mirarme cada vez que nos cruzábamos en los pasillos. En clase de biología ha intentado hablar conmigo, pero he pasado de él.

¡OTRA VEZ!

Y entonces se ha vuelto a liar todo aún más.

Estaba ayudando en la biblioteca sin meterme con nadie cuando ¡adivina quién ha aparecido por allí como Pedro por su casa...!

¡BRANDON! ¡¡☹!!

¡Claro! ¡Yo tampoco me lo podía creer!

Total, que me ha preguntado si podía hablar conmigo y yo le he contestado que sí, pero que tenía que colocar libros.

Y él ha dicho: "Bueno, yo te ayudo y así podemos hablar mientras tanto".

Y yo he añadido: "Pues es que NO me puedes ayudar porque no sabes en qué estantería va cada libro".

Y entonces ha sugerido que ÉL me podía ir tendiendo los libros para que YO los colocara en su sitio.

Trataba de ser muy amable, dulce y servicial, pero al mismo tiempo me estaba atacando los NERVIOS.

Así pues, él me acercaba los libros y yo los iba colocando en las estanterías.

Y también me estaba poniendo SUPERnerviosa, porque no dejaba de ¡mirarme fijamente!

BRANDON MIRÁNDOME FIJAMENTE MIENTRAS
COLOCAMOS LOS LIBROS DE LA BIBLIOTECA

Al final, se ha aclarado la garganta. "Nikki, quería decirte que me sentí muy mal por los problemas que tuviste en la clase de bío por intentar hacer algo bonito para mí".

"No, ya te lo dije. ¡No era para tanto!".

"Bueno, para MÍ sí, lo fue. Por eso quiero hacer algo bonito por ti".

"De verdad que no hace falta, ¡no era más que una tarjeta tonta!".

"Yo no creo que fuera tonta".

"¡Pues yo sí!", le he gritado.

Brandon ha bajado la mirada. "Como quieras. El caso es que he pensado que podríamos quedar para ir juntos al Crazy Burger el sábado. Sé que la última vez que lo mencioné dijiste que no querías ir porque estabas ¡SUPERocupada!".

¡No me podía creer lo que Brandon acababa de decir!

No lo de salir juntos para ir al Crazy Burger, sino lo de que yo NO quise ir al Crazy Burger porque estaba SUPERocupada.

"¡¿QUÉEEE?! ¡Eso sí que no, Brandon! ¡Eras TÚ el que estaba SUPERocupado!".

"¡¿CÓMO?! ¡No, Nikki! ¡Fuiste TÚ la que me dijiste que estabas demasiado ocupada y no podías ir. Estábamos en tu taquilla. Yo quería ir, pero aquel fin de semana al final no pudo ser".

"De hecho, prácticamente me dejaste plantada", le he dicho.

"No es cierto. Cuando intenté explicarte lo que pasaba, me cortaste".

"Eso NO fue así. Yo estaba intentando hablar CONTIGO ¡y tú te fuiste de pronto!".

Últimamente, cada vez que intentábamos mantener una conversación, acabábamos discutiendo. Brandon y yo nos hemos mirado frustrados.

No sé por qué motivo, los problemas de comunicación eran cada vez mayores.

En el fondo sentía que algo no encajaba, ¡pero no tenía ni la más remota idea de qué podía ser ni de cómo solucionarlo!

Al final, Brandon ha suspirado y se ha apartado el flequillo de los ojos.

"Bueno, ¿qué me dices de ir al Crazy Burger el sábado? A las seis y media. Si no estás demasiado ocupada...", ha dicho con su sonrisa ladeada.

"Pues vale, sí. ¡Si TÚ no estás demasiado ocupado!", he dicho yo, devolviéndole la sonrisa.

Luego nos hemos quedado mirando y nos hemos sonrojado.

Me ha parecido que lo de sonreír, mirarnos y sonrojarnos ¡duraba una ETERNIDAD!

Ahora sí, ya era definitivo: Brandon y yo iríamos juntos al Crazy Burger el sábado.

No podía esperar a contarles a Chloe and Zoey la emocionante noticia.

Bueno, no me ha hecho falta...

¿Chloe y Zoey nos habían estado espiando todo el tiempo?

¡NO podía creer que mis BFF hubieran caído tan bajo como para hacernos algo así a Brandon y a mí!

Sobre todo, durante una conversación tan privada y personal sobre nuestra amistad.

Chloe y Zoey siempre están metiendo las narices en mis asuntos personales. Claro que es básicamente porque me aprecian de verdad.

Tengo que admitirlo...

¡¡Son las mejores amigas del MUNDO!!

¡¡☺!!

Sigo tan nerviosa con lo del Crazy Burger que casi no he pegado ojo en toda la noche. Lógicamente estaba impaciente por ver a Brandon en clase de bío.

¡YAJUU! ¡☺!

Nos hemos pasado la hora ENTERA sonrojándonos, sonriendo y cruzándonos miraditas. Notaba que Mackenzie y Jessica no paraban de observarnos y cuchichear como locas. Pero no me importaba.

Para serte sincera, no recuerdo nada de la clase de hoy. ¡Pero ha sido la MEJOR CLASE DEL MUNDO!

¡Estoy TAN contenta de que Brandon y YO volvamos POR FIN a entendernos! Solo espero que ir juntos al Crazy Burger sirva para que nuestra amistad se afiance. Sin embargo, ahora mismo mi problema inmediato es que no tengo ni la más pijotera idea de qué ponerme para nuestra primera cita.

No quiero ir demasiado peripuesta, pero tampoco demasiado informal. Debe ser algo... ¡PERFECTO!

Me he quedado plantada delante del armario durante lo que me ha parecido ¡una ETERNIDAD! Pero, por desgracia, ¡no he visto nada PERFECTO! ¡☹!

¡YO, BUSCANDO LA ROPA PERFECTA!

Como estaba DESESPERADA, ¡he decidido adoptar una medida DRÁSTICA!

Sabía que era peligroso por el riesgo de agotamiento a que me exponía. Pero no me quedaba más remedio.

Iba a PROBARME megadeprisa toda la ropa que tuviera y a mezclar y combinar prendas de arriba y de abajo ¡hasta encontrar un conjunto SUPERGUAY! ¡Iba a correr una PROBATÓN!

Cuando se ha disuelto la nube de polvo que he levantado, ¡he podido comprobar mi gran victoria en esta PROBATÓN!

¡Había logrado combinar el conjunto MÁS CHULO del mundo!

¡YO, CON MI CONJUNTO SUPERCHULO!

Ahora solo me falta superar nuestra cita SIN QUE:

1. se me caiga la hamburguesa sobre la falda;

2. arroje ketchup contra Brandon;

3. me ría tan fuerte que se me salga la bebida por la nariz.

¡TRAN–

QUI–

LA!

¡¡☺!!

¡Madre mía! ¡Hoy es el gran día! ¡¡Faltan pocas horas para mi cita con Brandon en el Crazy Burger!!

¡YAJUUU! ¡☺!

Para cuando he acabado de ducharme, lavarme el pelo y vestirme, eran las 6:15 de la tarde, hora de que mi madre me llevase en coche al restaurante. ¡Estaba hecha un manojo de nervios!

Llevaba sentándome junto a Brandon en bío, no sé, una eternidad. Pero la idea de sentarme a su lado en el Crazy Burger me aterraba mucho más que esas películas de *Viernes 13* que mis padres no me dejan ver.

"¡Hola, Nikki!", ha dicho sonriendo. "¡Qué guay que POR FIN nos veamos aquí! ¿verdad?".

Me he dado la vuelta un momento para cerciorarme de que no estaba hablando con alguna otra Nikki.

"¡Hola, Brandon!", he dicho, completamente colorada.

Los siguientes cinco minutos los hemos pasado bebiendo nerviosos nuestra soda y mirándonos el uno al otro con enormes sonrisas pedorras plantadas en el careto. ¡Era TAN romántico! Bueno, más o menos.

Se ve que las hormigas que tenía rondando por el estómago estaban de fiesta y alguna se había escapado hasta el cerebro, porque no podía pensar con claridad.

Brandon también parecía más callado de lo habitual.

He cogido el envoltorio de papel de la pajita y
he empezado a enrollármelo en el dedo mientras
intentaba pensar algo divertido, ingenioso o
interesante. Lo mejor que se me ha ocurrido ha sido...

"Mmm... ¿Con qué deben de hacer el ketchup?"...

Así que Brandon ha levantado la botella de ketchup
y ha leído en voz alta todos los ingredientes.

"A ver... Aquí dice concentrado de tomate, vinagre
destilado, jarabe de maíz, sal, especias, cebolla picada
y otros ingredientes".

Yo he cogido un trocito del papel de la pajita, he mascado una bolita y la he lanzado como una cerbatana. Ha aterrizado en la mesa, frente al vaso de Brandon.

A Brandon le ha sorprendido que supiera hacerlo.

Y le ha dado dos sorbos a la soda.

Pero, cuando la pajita ha empezado a hacer sonidos como "SLURP SLURP", ha tosido nervioso y casi tira el vaso.

Así que nos hemos puesto a mirarnos un rato más. Luego yo he cogido el salero, y me he puesto sal en la mano y he empezado a hacer minimontañitas mientras Brandon miraba.

De pronto, le ha empezado a rugir el estómago, supongo que porque tenía hambre o algo por el estilo, no sé.

"¡Madre mía, Brandon! Tu estómago parece un avión a reacción", le he dicho en broma. Tenías que haber visto la cara que ha puesto. ¡Me quería MORIR allí mismo de la vergüenza!

¡Al final han llegado nuestras hamburguesas!

¡Madre mía! ¡Que buenísimas estaban! Se nos han pasado los nervios en un momento e incluso hemos llegado a mantener una conversación inteligente.

Me ha puesto al día sobre el refugio de animales Fuzzy Friends, su trabajo en el periódico del insti y sus diversos proyectos fotográficos. Yo le he contado lo del mechón de pelo que perdí en el Salón Brianna, lo del nieto de la señora Wallabanger y los horrores de la clase de natación.

Nos hemos reído hasta que nos han dolido las mandíbulas. Era alucinante que Brandon fuera tan...

¡MAJO Y DIVERTIDO!

Entonces nos hemos puesto SUPERserios, y Brandon ha comentado lo mal que le ha sentado oír que alguien había forrado el instituto con aquellos carteles absurdos. ¡Ha dicho que él es ALÉRGICO a la gente mala! Los dos hemos coincidido en que probablemente fuera cosa de Mackenzie.

A mí me hubiera gustado preguntarle si tenía alguna idea de cómo había podido llegar la foto a manos de Mackenzie, porque Brianna solo se la había enviado a Chloe, a Zoey y a él.

Pero, como seguro que se hubiera sentido ofendido y decepcionado si lo acusaba de ayudar a Mackenzie a preparar una trampa tan fea como aquella, he decidido NO mencionárselo entonces.

No sé cómo, pero hemos acabado hablando del Baile de San Valentín.

"¿Vas a ir?", le he preguntado.

"No, pero iría si me invitara la persona adecuada".

"¿Acaso te ha invitado ya una persona no adecuada?".

"Sí. Mackenzie vino a mi fiesta de cumpleaños a invitarme. Pero le dije que no. Desde entonces, no me deja en paz para ver si cambio de idea. Hasta me ha ofrecido convencer a su padre para que haga una donación importante a Fuzzy Friends si le digo que sí. El caso es que nos iría muy bien ese dinero, pero...". Su voz se ha ido apagando.

He empezado a jugar otra vez con la funda de papel de la pajita mientras se me disparaban las neuronas.

¿O sea que Mackenzie había invitado a Brandon al baile?

¿Y él la había rechazado?

Me sentía SUPERcontenta Y aliviada por saberlo.

¡Ahora YO podía invitarlo al baile!

Si reunía el valor necesario, claro.

"Bueno, a lo mejor hay alguien más que te quiere invitar pero le da miedo que le digas que no", he dicho sonrojándome.

"¡¿De verdad?!". Brandon ha pestañeado sorprendido. "Pues entonces, yo diría probablemente... no, no, definitivamente diría que ¡SÍ! Claro, eso SI me lo pide algún día", ha dicho sin dejar de mirarme.

¡Me estaba dando pie!

¡Brandon me estaba invitando A MÍ a que yo lo invitara A ÉL al baile!

"Esto... una cosa, a propósito del baile. Quería decirte que si tú... er, crees que... esto... NOSOTROS... ¿crees que volveremos a tener una TORMENTA de nieve como la del otro día? Un palmo de nieve es una pasada, ¿verdad?", he balbuceado como una idiota.

¡PRIMER INTENTO!

Brandon seguía mirándome fijamente. "No creo. ¿Quieres preguntarme algo más?".

"La verdad es que SÍ querría preguntarte algo".

"Vale...".

"Me gustaría saber si tú... esto, ¡¡¿¿tomarás POSTRE?!! Dicen que el pastel de terciopelo rojo está de MUERTE!".

Brandon ha sonreído. "¡Claro, Nikki! ¡Suena estupendo!".

Para matarme. ¡SEGUNDO INTENTO!

"Esto, Brandon, tengo una última co-cosa que te quería preguntar...", he tartamudeado nerviosa.

"A ver si lo adivino…", ha bromeado Brandon. "Te gustaría saber… ¿si quiero helado?".

"¡No! ¡No es eso!", he contestado.

"¿Con chocolate caliente y nata?".

"¡NO!", me he reído.

"¡Ya sé! ¡Con un topping de esos de colores!".

"¡NOOO!", he gritado.

"Entonces, ¡¿QUÉ?!", ha preguntado fingiendo estar frustrado.

"Quiero saber si tú… si tú… ¡vendrías al Baile de San Valentín conmigo!", he dicho casi gritando y poniéndome megarroja.

Entonces Brandon se ha puesto SUPERserio y ha empezado a darle vueltas a su pajita. Vale, ahora sí que estaba nerviosa. Quizá no hubiera sido buena idea decírselo.

"La verdad, Nikki, es que no podría...".

"¡No pasa nada, en serio!", he interrumpido. "Lo entiendo perfectamente. Te lo he dicho a última hora, he esperado demasiado!".

He hecho un esfuerzo para sonreír, pero por dentro estaba tan triste que quería romper a llorar.

"Lo que quería decir, Nikki, es que ¡no podría decirte que NO!", ha dicho Brandon apartándose el flequillo de los ojos y dirigiéndome su sonrisa ladeada.

Me he vuelto a poner roja y le he sonreído.

Y entonces él se ha puesto rojo y me ha sonreído. Y me ha parecido que esto último de sonrojarnos y sonreír ha durado una ETERNIDAD.

No solo me lo estaba pasando de maravilla en el Crazy Burger, sino que encima...

¡¡¡IBA A IR AL BAILE DE SAN VALENTÍN CON BRANDON!!

¡YAJUU! ¡¡☺!!

¡Estoy TAAN emocionada!

¡¡YO, BAILANDO LA DANZA DE SNOOPY!!

¡Estoy impaciente por llamar a Chloe y a Zoey y contarles la FANTÁSTICA noticia!

Aunque a lo mejor ya lo saben. Vete a saber si no estaban en el Crazy Burger ESCONDIDAS bajo la mesa para espiarnos. ¡OTRA VEZ!

Parece que al final sí que podremos tener una TRIPLE CITA juntas. ¡Tal como lo habíamos planeado!

¡¡¡YAJUUU!!! ¡¡☺!!

¡Madre mía! ¡¡Va a ser TAAAN romántico!!

¡¡¡YO, CON EL CORAZÓN EN LA MANO
Y ABSOLUTAMENTE EMBOBADA!!!

Me cuesta trabajo creer que al final iré de verdad al Baile de San Valentín con Brandon.

¡YAJUUU! ¡¡☺!!

Creo que a Chloe y a Zoey la idea les emociona aún más que a mí. ¡Solo hace una hora que se lo he contado y ya me han llamado una docena de veces!

Al baile hay que ir de etiqueta, lo que significa que ¡las chicas llevaremos vestidos largos! Ya sabes, como Cenicienta y todas las demás princesas de Disney.

¡¿A que MOLA mucho?!

Chloe y Zoey ya tienen vestido.

Pero, como son tan buenas amigas, se han prestado a acompañarme al centro comercial para encontrar uno que sea perfecto para MÍ.

Creo que he llegado a probarme más de cincuenta...

o demasiado POMPOSOS...

y otras, demasiado ABURRIDOS...

o ¡PASADOS DE VUELTAS!

Así que hemos salido del centro comercial con las manos vacías.

Yo estaba bastante depre, claro.

Y, para colmo de males, nos hemos encontrado con Jessica, que ha visto que andaba buscando un vestido. Como es la mejor amiga de Mackenzie, seguro que luego le va con el CUENTO de todos mis asuntos.

La buena noticia es que TODAVÍA me quedan cuatro días de ir de compras antes del baile.

¡Estoy CONVENCIDA de que encontraré el vestido perfecto!

¡En algún sitio!

Porque, digo yo, ¡tan difícil no será!
¡¡☺!!

Vale. Ahora sí que empiezo a PREOCUPARME. Mamá ha dicho que me acompañará a comprar un vestido el miércoles. ¡¡Pero si eso es solo dos días antes del baile!!

Dice que, si no enconramos nada, podía ponerme el horrible vestido de dama de honor plateado y verde alga que llevé a la boda de mi tía Kim.

Pero, mamá, ¿¡estás LO-CAAAA?! ¡Me niego a ir al Baile de San Valentín vestida como una especie de PEZ MUTANTE!

No, mamá, no. Es un baile formal, ¡NO de DISFRACES!

Después de comer he recibido un mensaje dulcísimo de Brandon.

¡¡YAJUU!! Creo que lo de ir juntos al Crazy Burger ha favorecido mucho nuestra amistad.

* * * * *

DE BRANDON:

Hola, Nikki:

Estoy impaciente por ir al baile contigo. Suerte con el vestido. ¡A ver si encuentras uno que te siente bien!

19:39 h

* * * * *

¡¡Espera!! ¡¿Qué acabo de leer?!

Ahora SÍ que tengo que QUEMAR este vestido!

¡☹!

Hoy en clase de natación tocaba hacer un ejercicio de carreras cronometradas.

Yo no sé por qué, pero, siempre que intento nadar más de seis metros, me dan calambres en las piernas y me quedo tiesa en las posturas más estrambóticas. Parezco una de esas viejas Barbies de Brianna con las DOS piernas rotas. Y entonces me entra el pánico y casi nunca llego al otro extremo de la piscina.

Lo que me tenía SUPERpreocupada era que esa carrera iba a suponer el 50% de la nota final de natación. ¡☺!

La profa de EF ha soplado el silbato. ¡PIIII! ¡PIIII! "Próximo grupo, ¡a la línea de salida!". Había llegado la hora de MI carrera.

Chloe me ha dado un fuerte abrazo y ha agitado las palmas de las manos para desearme buena suerte. Zoey también me ha abrazado y ha recitado una de sus citas inspiradas, esta vez de John Lennon...

"Cuando te estás ahogando, no dices: 'Estaría increíblemente agradecido si alguien tuviera la previsión de notar que me estoy ahogando y viniera a ayudarme'. ¡Solo gritas!".

"¡Vaya!", he pensado. "¡Pues mil gracias, Zoey!".

Creo que con la cita mi amiga trataba de animarme, pero, francamente, me ha dejado más asustadita que una lenteja a punto de hervir. ¿"Solo GRITAS"? ¿Qué clase de consejo era ese?

¡Y encima me tocaba nadar contra Mackenzie y sus GPS!

"¡Anda, Nikki! Veo que hoy intentarás nadar sin traje de buceo ni ridículos flotadores", se ha burlado Mackenzie.

Sus amigas se han reído. Yo me he limitado a suspirar. Iba a decir algo, pero en ese momento me temblaban tanto las rodillas que me preocupaba más la idea de caer en plancha al agua antes siquiera de empezar la carrera.

La profa se ha subido al podio para dar la salida. "Nadadoras, a vuestras posiciones. Preparadas, listas...". ¡PIIIII!

YO, INTENTANDO NO CAER
EN PLANCHA AL AGUA

Me he tirado al agua y me he puesto a nadar como una posesa.

Aunque acabábamos de empezar, ya veía claramente que iba con retraso.

¡Mucho retraso! ¡Iba la última! ¡Era tan HUMILLANTE! ¡☹!

Para colmo, cada vez iba más despacio y los músculos de las piernas empezaban a dar señales de cansancio.

Al final he dejado de nadar crol y lo he cambiado por el estilo perro.

Mackenzie iba la primera, y las otras tres chicas la seguían de cerca. Yo solo quería rendirme.

Pero justo entonces me ha parecido ver una sombra al inclinarme sobre el hombro derecho. El caso es que se parecía bastante a... ¿la aleta de un tiburón?

He vuelto a mirar y... ¡SÍ! ¡ERA la aleta de un tiburón, a menos de un metro de mí! ¡No me lo podía creer!

¡Madre mía! ¡Creo que me he hecho pis en el agua!

A juzgar por el tamaño de la aleta, ¡el bicho debía
de ser GIGANTESCO! De puro terror, me he puesto
a nadar lo más deprisa que he podido.

¡¿Un tiburón en la piscina?! ¿Cómo NARICES había
llegado hasta allí?, me preguntaba mientras luchaba
por salvar la vida. Había tres posibilidades:

1. Podía haber estado viviendo en las cloacas locales, como esos caimanes, serpientes pitón y otros bichos horribles que salen en las noticias.

2. O podía haber permanecido oculto en las cañerías y, de tan grande que era, haberlas reventado y entrar disparado por el desagüe de la piscina.

3. O quizás podía haberse escapado del zoo siguiendo el arroyo que hay detrás del instituto y decidir hacer una paradita en la piscina para un ALMUERZO rápido.

En cualquier caso, yo lo tenía muy claro: no pensaba convertirme en su siguiente COMIDA. Ya sabes, algo así como un sabroso Nikki-sushi con salsa de cloro.

Imagino que habré experimentado un subidón de adrenalina, porque he seguido nadando cada vez más deprisa hasta alcanzar el final de la piscina.

He salido de un salto y he pasado como un rayo junto a la profa, gritando con todas mis fuerzas.

MACKENZIE, INTENTANDO COMPRENDER
CÓMO LE HABÍA PODIDO GANAR

¡No iba a quedarme en el borde! Los tiburones
nadan cerca de la orilla, se arrojan sobre su presa
y la arrastran a las profundidades.

Al menos, eso es lo que hacen en las pelis de cine y por la tele. Pues no me la iba a jugar, eso estaba claro. De manera que he seguido corriendo hasta la última de las gradas. Solo entonces me he dado la vuelta para comprobar que el tiburón no me había seguido hasta allí. ¿Qué? ¡Oye, todo es posible!

Entonces he oído el anuncio de mi profa de EF por el altavoz: "Atención, por favor. Me gustaría felicitar a Nikki Maxwell. No solo ha ganado la primera posición, sino que ha batido un récord del instituto en los cincuenta metros. Te pongo un diez, Maxwell. ¡Buen trabajo! Ven a recoger tu diploma".

Me he acercado con cierta precaución hasta la piscina, donde Chloe y Zoey esperaban para abrazarme.

"Pero ¿no habéis visto ese tiburón gigantesco en el agua?", les he preguntado sin resuello.

"Lo único que hemos visto es cómo le has dado una buena paliza a Mackenzie!", ha soltado Zoey.

"¡Madre mía! ¡Le llevabas varios kilómetros de

ventaja!", ha reído Chloe. "Has salido de la piscina sin darle tiempo a que terminara".

"Pero ¡yo juraría que he visto un TIBURÓN!".

Mis BFF han ido hasta el otro extremo de la piscina y han vuelto con algo grande y brillante con una gran aleta, pero SIN dientes afilados.

"¡Esto NO es un TIBURÓN, Nikki!", ha dicho Chloe.

"¡Es una ALETA DE BUCEO!", ha añadido Zoey.

"Lo siento, chicas, pero creí que era un TIBURÓN", he musitado.

¡Madre mía! ¡Qué BOCHORNO!

El caso es que, después de ganar la carrera y conseguir cincuenta puntos de crédito adicionales por batir el récord del instituto, ¡he acabado con un sobresaliente como nota final en clase de natación!

Con la lata que me había dado durante todo el mes la clase de marras... ¡Nunca habría imaginado que acabaría así!

¡Yujuu! ¡Estaba más que FELIZ!

Y ahora la entrenadora de natación quiere que me apunte al equipo femenino del insti.

¡¡¿QUÉ te PARECE??!!
¡¡☺!!

Hoy, al salir del insti, mi madre me ha acompañado a buscar un vestido para el Baile de San Valentín. Primero hemos ido a la sección de vestidos de una tienda juvenil, pero los colgadores estaban vacíos y no quedaba ni uno.

El suelo estaba lleno de perchas rotas. Parecía un paisaje después de una estampida de elefantes.

En cinco tiendas más, pasaba lo mismo.

"¿De verdad no hay ningún sitio en TODO el centro comercial que tenga un vestido?", ha dicho mamá claramente frustrada. "Me parece increíble. A ver si vemos algún empleado".

Solo había una dependienta en toda la tienda. Estaba escondida detrás del mostrador de caja. ¡En posición fetal!

"Disculpe", le ha dicho mi madre. "Estamos buscando un vestido. ¿Podría ayudarnos?".

"¿Un ves–ves–vestido?", ha repetido horrorizada. "¿Ha dicho... VESTIDO? ¡¡AAAAAAH!!".
Y ha huido gritando como una histérica por la salida de emergencia.

Lo que yo no había previsto es que miles de chicas de entre 12 y 17 años acudieran al mismo tiempo al

centro comercial, convirtiendo la ~~compra~~ caza de un
vestido en una brutal lucha de gladiadores.

De regreso a casa, mamá ha vuelto a sugerir que me ponga el "adorable" vestido de ~~sirena~~ dama de honor.

¡PUAJ!

De verdad que tiene mala memoria, porque esa cosa es ¡ESPANTOSA!

Lo siento, mamá, pero el verde vómito NO me sienta nada bien.

Y además es imposible caminar con ese vestido. La falda es tan estrecha que parece una cola de pez gigante.

Recuerdo que, mientras las demás damas de honor avanzaban elegantemente con la marcha nupcial de fondo, ¡yo iba dando aletazos por el pasillo como una sardina humana!

¡Todavía me acuerdo de lo que me duraron las rozaduras!

Cada vez quedaba menos tiempo para el baile.

Lo último que tenía pensado hacer era traumatizar a Brandon presentándome al baile como una CHICA-PEZ MUTANTE o algo por el estilo.

Ahora mismo me siento TAN frustrada que me estoy planteando muy en serio NO ir al baile.

¡¿Por qué mi vida es tan desesperadamente

PATÉTICA?!

¡¡¡☹!!!

Hoy después del insti he recibido una visita inesperada.
Estaba en mi habitación haciendo los deberes de francés,
cuando he sido objeto de una brusca interrupción...

270

"¡Hola, queguida Nikki! Yo, mamuasel Bri-Bri, la Estilista más *FASHION* de las Estrellas, te he estado buscando pog todas *PAGTES!*", ha exclamado Brianna. "¡Ven deprisa, queguida! ¡Mamuasel Bri-Bri te ha hecho un hueco en su agenda para arreglarte!".

"¡Ni se te ocurra acercarte a mí o te arrepentirás!", le he gritado. "Mira que tengo un libro de francés en la mano y *NO* me da miedo usarlo. ¡La última vez me hiciste un estropicio *TOTAL* en el pelo! Si ni siquiera tienes licencia...".

"Pero fue culpa de mi ayudante. Ya he despedido a Hans. ¡Venga, ven! ¡Mamuasel Bri-Bri te va a poneg muy guapa! ¿Güi?".

"¡QUE NO! ¡A la porra mamuasel Bri-Bri! ¡Todavía estoy muy enfadada!".

"Pues mamuasel Bri-Bri te compensará. ¡Lo jura por Snoopy! Si no, ¡se tragará mil mocos!".

Pero ¿QUÉ clase de juramento era ese? Si mademoiselle Bri-Bri se comía los mocos de todas formas... Por otro

271

lado, por feo que fuera el vestido que quería ofrecerme, seguro que no podía serlo más que el mío.

No tenía mucho que perder. Aparte de otro mechón de pelo, claro. Pero estaba dispuesta a asumir ese riesgo por el baile. ¡Y por Brandon!

"Vale, Brianna. Te voy a conceder una ÚLTIMA oportunidad. ¡No la fastidies!", le he advertido.

"¡Oh, queguida! ¡Tenemos mucho tagabajo que hacer! Sigue a mi nueva ayudante, la señoguita Penélope".

La señorita Penélope me ha saludado, me ha cogido del brazo y me ha arrastrado hasta el pasillo.

Llevaba un montón de anillos y pulseras, laca de uñas, brillo de labios roso fucsia y gafas dibujadas de ojos de gato como las de Brianna.

"¡Queguida! ¡Ya hemos llegado! ¡Bienvenida a la BOUTIQUE BRIANNA!", ha anunciado mademoiselle Bri-Bri al llegar al lavabo de arriba. "¡Mamuasel Bri-Bri ha diseñado montones de vestidos pegueciosos

para gente muy famosa e importante como el Hada
de *Azúcag, Selena Gómez, Beyoncé* y *Campanilla!*
¡Y he creado el vestido perfecto para ti, queguida!
Señoguita Penélope, acompañe a la señoguita Nikki al
probador", ha ordenado.

De pronto se ha llevado la mano a la oreja, le ha
susurrado algo a la señorita Penélope y ha fruncido el
ceño.

"¿Qué dice, señorita Penélope?", ha preguntado.
"¿Que tiene al teléfono a *Doga* la *Explogadoga* y al
mono *Botas*? ¿Que *Botas* necesita botas nuevas? Muy
bien, queguida. Hazle un hueco antes de la cita de las
seis con Bob Esponja!".

Brianna se ha vuelto hacia mí y me ha dirigido una
sonrisa de disculpa. "Pegdona la integupción, queguida.
La señoguita Penélope no da abasto entre tanta
llamada y papeleo. A ver, ¿por dónde íbamos? ¡Ah, sí!
¡El vestido para TI!".

Ha ido hasta la bañera y ha corrido la cortina de la
ducha. *¡¡RASSS!!*

SEÑOGUITA NIKKI, CUANDO
QUIEGA, PASE AL PROBADOR

Lo cierto es que me ha sorprendido ver aquella bolsa con mi nombre puesto, colgada en el "probador".

Pero me daba miedo que fuera alguna trampa de Brianna.

"Mmm... ¿Quieres que me meta dentro?", la he mirado con recelo. "¿Para qué? ¿No será una broma de las tuyas? ¿No habrás escondido un tiburón ahí, verdad?".

"¡Clago que no! En mi *boutique* no se admiten animales, caguiño", ha contestado Brianna, ligeramente ofendida.

"¡Vale, vale!", he mascullado mientras entraba en la bañera.

Brianna ha cerrado la cortina detrás de mí. ¡RASSS!

"Enseguida vuelvo contigo, queguida. Ahoga tengo que acabar de atender a las hijas de Obama".

La verdad es que la bolsa parecía nueva, pero yo esperaba encontrar en ella algún vestido Barbie viejo de Brianna, de color fucsia y hecho andrajos.

Querida Nikki:
Me han dicho que
vas a ir al Baile
de San Valentín.
He visto este
precioso vestido
y me he acordado
de ti.
¡Que lo Disfrutes!

P.D.:
SALUDA A
MADEMOISELLE
BRI-BRI DE MI
PARTE.

Te quiere,
tu abuela

¡Iba en serio que Brianna me tenía ALGO preparado!

¡La pequeña FARSANTE había llamado a la abuela y me había organizado una sorpresa increíble... ¡¡El vestido más PRECIOSO del MUNDO!!

Era absolutamente PERFECTO para el baile. ¡Estaba megaimpaciente por mostrárselo a mis amigas!

¡¡¡YAJUUU!!!

¡Las chicas GPS se van a morir de ENVIDIA!

He pagado a mademoiselle Bri-Bri por sus "servicios" con una bolsita de chuches.

"¿Has visto, queguida, como mamuasel Bri-Bri te ha hecho un vestido muy PEGUECIOSO? ¿Güi o no?".

"¡Mademoiselle Bri-Bri es GENIAL!", he reído.

"Entonces, ¿problema de corte de pelo pegdonado?".

"¡Perdonado!", le he dicho mientras le daba un abrazo enorme a ~~Brianna~~ mademoiselle Bri-Bri.

Y me he ido corriendo a la habitación para probarme el nuevo vestido.

Hoy en el insti no se hablaba de otra cosa que no fuera el baile. Los alumnos hacían cola emocionados entre clase y clase para votar por la Princesa de San Valentín. El último rumor era que Mackenzie ganaría por goleada.

Yo he pasado totalmente de votar. Todo aquello me recordaba la broma pesada de Mackenzie, que tanto me estaba costando olvidar.

Seguía ignorando cómo había podido llegar a sus manos aquella foto del Salón Brianna. No sé si era imaginación mía, pero en todas las clases creía ver a gente mirándome y cuchicheando a mis espaldas. ¡☹!

He preferido olvidarme del asunto y me he pasado el día entero mirando el reloj y contando las horas que faltaban para el Baile de San Valentín. ¡☺! ¡10, 9, 8, 7, 6, 5, 4…!

Antes de darme cuenta, habían terminado las clases y quedaba menos de una hora para el baile. Me he mirado una última vez en el espejo.

Por dentro me sentía SUPERinsegura, pero por fuera parecía una princesa de verdad...

¡Pese a mis brazos y hombros delgaduchos! ¡☹!

El nuevo DVD de mamá, *Tonifícate en 20 minutos*, era un timo total. Al salir del insti lo he utilizado cuarenta minutos para tonificar mis brazos, pero SIGUEN IGUAL que antes. ¿De qué van? ¡Mamá tendrá que pedir que le devuelvan el dinero!

Me estaba entrando el pánico de última hora. Me sentía supercohibida con absolutamente **TODO**. He suspirado, me he llevado un caramelo refrescante a la boca, he metido el móvil en el bolso, he cogido el abrigo y me he dispuesto a bajar las escaleras.

De pronto, he oído un zumbido en el móvil. Debía de ser un mensaje de Chloe y Zoey para avisarme de que acababan de salir para recogerme.

¡Por NADA del mundo iba a arriesgarme a sufrir una humillación pública llegando al baile en el CUCAMÓVIL de mi padre! Así que tuve la brillante idea de ir a la fiesta en el coche de la madre de Zoey y volver en el de Chloe.

Pero, sorprendentemente, el mensaje no era ni de Chloe ni de Zoey.

¡Era de BRANDON! ¡YAJUUUUUU! ¡¡☺!!

Seguro que era un mensaje de ÉL diciéndome que estaba impaciente por verme o algo así. Ya sabes, como en una de esas novelas románticas.
¡YAJUUUUUU! ¡¡☺!!

Totalmente embelesada, he cogido aire y he leído en voz alta el correo pre Baile de San Valentín de Brandon:

¡No me lo podía creer! Lo he vuelto a leer porque tenía que tratarse de algún error.

Estaba claro que otro tipo llamado Brandon había decidido, en el último minuto, dejar PLANTADA por móvil a la desgraciada con la que había quedado.

Y que luego me lo había enviado a MÍ sin querer...

¡PUES NO! ¡¡☹!!

Me he sentido como si me hubieran clavado un puñetazo en la barriga. Pero un puñetazo del increíble Hulk.

¡¡¿POR QUÉ me hacía esto Brandon?!!!

De acuerdo. Supongamos que estuviera ENFERMO. ¿Y? ¿Qué mal podía hacerle una gripe de nada rodeado de buenos amigos?

El baile era tan importante que lo menos que podía esperar de él es que se echara las náuseas y la fiebre a las espaldas y se presentara con una bolsa de mareo en caso preciso.

Si yo tuviera la gripe, ¡lo habría hecho por ÉL!

Y digo más: si me hubiera atropellado un autobús, ¡habría asistido al baile enyesada de arriba abajo con unos pendientes MONÍSIMOS a juego!

¡Esta era la gota que colmaba el vaso!

Me sentía como si me hubieran subido a una montaña rusa brutal y ahora mismo caía en picado a un pozo profundo, oscuro y sin fondo. ¡Quería bajarme cuanto antes!

No podía culpar a Brandon por haberse puesto enfermo, vale, pero ¿por qué había esperado al último minuto?

Y ¿por qué me arrojaba la bomba con un mensaje de texto cutre en lugar de deshacerse en mil disculpas en persona? ¿O como mínimo por teléfono?

¡Quedaba claro que no le importaban mis sentimientos!

En el fondo, sospechaba que Brandon no estaba enfermo ni nada semejante. Seguro que al final había aceptado la jugosa oferta de Mackenzie para Fuzzy Friends.

Y, después de cambiar de idea sobre lo de ir al baile conmigo, no había tenido el valor suficiente de decírmelo a la cara.

Había sido una ingenua pero que muy tonta creyendo que podíamos llegar a ser buenos amigos. Odiaba admitirlo, pero Mackenzie tenía razón. ¡☹!

He vuelto a rastras a mi habitación, he cerrado de un portazo y me he desplomado sobre la cama.

Para llorar histéricamente en mi almohada.

¡Dios! ¡Me sentía tan terriblemente MAL! Me dolía el corazón, pero de verdad.

Llevaba allí tumbada lo que me ha parecido una ETERNIDAD cuando he oído pasos y dos voces conocidas acercándose al otro lado de la puerta.

¡Oh, mierd...! ¡Había olvidado llamar a Chloe y a Zoey!

Han entrado a saco en mi habitación.

"¡Nikki! ¡Aquí estamos tus BFF favoritas!", ha gritado alegremente Zoey. "¿Estás lista?".

"¡Chica, al BAILE no se puede llegar TARDE!", ha canturreado Chloe agitando las palmas de las manos.

Me he incorporado lentamente en la cama, he sorbido con la nariz y me he limpiado las lágrimas con los dedos. Mis BFF se han callado de golpe y se han quedado mirándome boquiabiertas.

"¡Madre mía, Nikki! ¡¿Qué ha pasado?!", han chillado.

"Que-que no... no voy al baile", he murmurado. "Brandon acaba de enviar un mensaje diciendo que estaba ENFERMO".

"¡¿QUÉ?!", han gritado al unísono.

Ahí ya no he podido aguantarme más y he roto a

LLORAR...

¡ME SIENTO FATAL! ¡NO PUEDO CREER QUE BRANDON ME HAYA PLANTADO ASÍ!

He caído en una crisis de llorera sin consuelo posible. Chloe y Zoey me han abrazado, también ellas a punto de llorar.

"Lo siento mucho", he dicho, "pero tendréis que ir al baile sin mí". Y me he sonado bastante fuerte. ¡MOOC!

Chloe y Zoey se han mirado la una a la otra y luego me han mirado a mí.

"Lo siento, Nikki, pero no podemos dejarte aquí en este estado", ha dicho Zoey apretándome la mano.

"¡Te queremos! De modo que o vamos LAS TRES al baile o nos quedamos LAS TRES aquí", ha añadido con suavidad Chloe.

"No os preocupéis", les he dicho. "Las dos tenéis una cita. Theo y Marcus son muy majos y no se merecen que los plantéis. Es muy DURO, ¡lo sé por experiencia!".

"Nikki, si no quieres ir, lo entendemos. Llamamos a los chicos ahora mismo y les explicamos lo que ha pasado", ha dicho Zoey mientras sacaba el teléfono móvil.

"¡Parad! ¡Me estáis haciendo sentir aún peor!", he gritado. "¡Quiero estar SOLA! ¡MARCHAOS!".

Y entonces Chloe y Zoey me han dirigido ambas miradas incrédulas. Me parece que se habían mosqueado bastante, porque no sonreían.

"¡Lo siento, Nikki! ¡Pero NO permitiremos que sufras una crisis nerviosa porque un tipo no te lleva a un estúpido baile!", ha gritado Chloe enfadada.

"¡Así que ya puedes ir dejando de llorar, secándote los mocos y SUPERÁNDOLO!", ha dicho Zoey armándose de paciencia.

Me parecía INCREÍBLE que mis BFF no fueran más solidarias conmigo tal como me sentía. ¡Me habían partido el corazón y me dolía de verdad! ¿Acaso no me daba eso derecho a montar un pequeño drama?

Recordatorio: buscar otro AMOR SECRETO.
Y buscar nuevas BFF.

Aunque estaba enfadada con ellas por no unirse a mi llorera, he tenido que admitir que me apreciaban de verdad. ¡Estaban dispuestas a perderse el Baile de San Valentín! ¡Y sus primeras citas por mí! ¡Toma ya!

He vuelto a sorber los mocos y a sonarme. ¡¡MOOC!!

"¡Vale, chicas! Habéis ganado. Iré al baile. Contra mi

voluntad. ¡Pero NO pienso divertirme! ¡Y a eso NO podéis obligarme!", he gruñido.

Chloe y Zoey han gritado de alegría y me han dado un abrazo sándwich.

"¡NO te arrepentirás!", ha reído Zoey.

"¡Juntas vamos a ser ¡la BOMBA!", ha chillado Chloe.

"¡NO pu... no puedo RESPIRAR!", les he soltado cuando por fin he conseguido algo de aire.

Tras librarme de su abrazo, me he dirigido al cuarto de baño a lavarme la cara y a refrescarme un poco para el baile.

¡MADRE MÍA! ¡Estaba HORRIBLE!

Llevaba unos pelos espantosos y tenía la cara llena de surcos negros por la mezcla de rímel y lágrimas.

Parecía una novia zombi.

¡SNIF!
¡SNIF!

Sin embargo, gracias a Chloe y a Zoey, estaba empezando a sentir que AQUELLO NO ERA el fin del mundo. Aun más: ¡¡NO pensaba dejar que Brandon me convirtiera en un charco llorón de MOCOS y LÁGRIMAS!! Ya lo había sido durante quince minutos.

Cuando hemos llegado, he alucinado al ver que estaba casi todo el mundo.

Y la cafetería estaba irreconocible. Tan aburrida por lo general, la habían transformado en el Reino Fantástico de los Corazones. Del techo colgaban docenas de ellos, de color rojo, muy elegantes, pero también los había rosas, rojos y blancos flotando como si fueran pequeñas nubes. En las paredes, centenares de luces minúsculas, rojas y blancas se reflejaban en una bola de espejos gigante que había suspendida en mitad del techo.

Todas las chicas iban vestidas de largo y no tenían nada que envidiar a los de un auténtico baile de promoción. Había lentejuelas, purpurina y todos los colores del arcoíris mezclados.

Sin embargo, de entre todos ellos, el vestido que más me gustaba a mí era ¡el MÍO! ¡☺!

Marcus y Theo estaban allí, esperando impacientes a Chloe y Zoey. No sabría decir quiénes estaban más nerviosos: si mis BFF o sus parejas. Pero, en cuanto se han visto, se han deshecho en sonrisas por igual.

¡Madre mía! ¡Qué escena tan BONITA! Valía la pena haber ido al baile solo para verlos juntos.

"Hemos reservado seis asientos, ¡junto a la mesa de alitas de pollo!", ha dicho Theo mostrándonos el camino.

"¡Madre mía! ¡Me ENCANTAN las alitas de pollo!", he dicho emocionada.

Entre el disgusto que me había llevado y el trastorno emocional consiguiente, me había quedado sin apenas energía y absolutamente ¡MUERTA DE HAMBRE!

Mira por dónde, ¡al final sí tenía pareja de baile! Pensaba pasar casi toda la noche junto a un enorme plato de deliciosas alitas de pollo. ¡Yujuu! ¡☺!

Chloe y Zoey han mirado a Theo y han cuchicheado algo. "Una cosa, Theo. Creo que solo necesitaremos cinco asientos, porque Brandon está enfermo. Nikki se quedará con nosotros", ha explicado Chloe.

Theo y Marcus se han intercambiado una mirada.

"¿Que Brandon está enfermo? ¿Estáis seguras?", ha preguntado Theo.

"¡SÍ!", han contestado secamente Chloe y Zoey.

"Pero si lo he visto hace solo cinco minutos. Se habrá ido poco después", ha dicho Marcus.

"¡¡¿CÓMO?!!", ha gritado Zoey.

"Pero ¡¡¿QUÉ DICES?!!", ha aullado Chloe.

"¡Oh, Dios mío! ¿En serio ha venido Brandon?", he soltado YO sin aliento. "¡¿Estáis SEGUROS?!".

Theo y Marcus me han mirado como a un bicho raro.

"Sí, lo estamos", han contestado. "Pero ¿QUÉ está haciendo aquí?", he balbuceado.

Theo se ha encogido de hombros. "Creo que hablar con Macken...".

"¡¿Mackenzie?! ¡Él no debería estar aquí!", he gritado.

"¿Ah, no?", ha preguntado Marcus.

"¡NO!", han gritado a la vez Chloe y Zoey.

"Pues no me puedo quedar aquí sentada como si no pasara nada!", he estallado yo.

Claramente, Brandon me había dejado plantada para que Mackenzie LE pagara por llevarLA al baile.

En ese momento, era la última persona del mundo que deseaba ver.

"¡Pero si la mesa está cerca de las ali-alitas de pollo...! Tal y como había pedido Zoey!", ha tartamudeado Theo.

"Me voy a casa", he dicho en un ataque de pánico.

Theo se ha mostrado preocupado. "No te vayas, Nikki. ¡Ya buscaré otra mesa! ¿Qué te parece junto al ponche en lugar de las alitas de pollo?".

"¡Theo, Theo! ¡No tiene NADA que ver con las alitas de pollo!", le ha espetado Chloe.

"¿Ah, no?". Theo ha parpadeado.

"¡Brandon le ha dicho a Nikki que estaba ENFERMO!", ha gruñido Zoey.

"Bueno, no sé..., quizá SÍ esté enfermo. No le preguntamos cómo se encontraba", ha mascullado Marcus.

De repente me ha invadido la rabia. "No me puedo creer que Brandon me haya mentido. ¡Tengo que verlo con mis propios ojos!".

"Vale, pues Zoey y yo vamos cont...". Antes de que Chloe acabara la frase, yo había empezado a cruzar la pista de baile.

Estaba a tope de gente y con poca luz.

Pero, al final, mis ojos se han acostumbrado a la oscuridad. Todo el mundo bailaba las últimas canciones de One Direction y The Wanted. De pronto, tenía la respuesta a mi pregunta a un par de metros delante de mí. ¡Theo y Marcus tenían razón! Brandon ESTABA allí...

¡¡... CON MACKENZIE!! ¡¡☹!!

Aguantándome las lágrimas, he dado la vuelta y me he alejado rápidamente antes de que Brandon me viera.

He pasado rozando junto a Marcus, Theo, Chloe y Zoey mientras salía corriendo en dirección al pasillo.

"¡Nikki! ¡ESPERA!", me han llamado mis BFF.

Pero no les he hecho caso.

He entrado corriendo en el cuarto de baño que quedaba más lejos de la sala de baile, y me he encerrado en el último cubículo. Allí no me encontrarían. Solo quería estar sola.

¡Brandon me había MENTIDO!

No estaba enfermo. Supongo que no era lo bastante guapa ni popular para él.

¿Por qué no me dijo simplemente que quería ir al baile con Mackenzie? Me he apoyado contra la fría puerta del cubículo mientras mi cabeza no paraba de dar vueltas.

Podía notar cómo me corrían las lágrimas por las mejillas.

¡Genial! ¡☹! Lo último que me faltaba era tener la cara manchada de lágrimas negras.

He tirado del papel higiénico enrabiada y he mirado impasible cómo se desenrollaban los seis metros de papel.

Me llegaba hasta las rodillas, pero no me importaba.

He cogido una punta y me he secado las lágrimas de los ojos y las mejillas.

Y me he sonado.

¡¡MOOC!!

Entonces he oído chirriar la puerta del cuarto de baño.

"¿Habrá venido hasta aquí?", decía Chloe.

"Es posible, porque todos los cuartos de baño próximos al baile están a tope", ha contestado Zoey.

"Sí, tienes razón", ha dicho Chloe. "¡Mira lo que asoma por ahí debajo! ¡Solo Nikki malgastaría tanto papel higiénico!".

Se han susurrado algo y han llamado a la puerta. La he abierto un poquito y me he asomado.

"¡MARCHAOS!", les he dicho triste.

"Nikki, ¡nos sentimos TAN mal por todo lo que ha pasado! ¡No teníamos ni idea de que Brandon estuviera aquí!", ha dicho Chloe.

"¡Tampoco es culpa vuestra que Brandon sea una rata mentirosa!", he contestado.

"¡Tienes que olvidarlo! ¡Cuanto antes, mejor!", ha dicho Zoey.

Lógicamente, al oír eso me han vuelto las ganas de llorar.

"Te lo decimos porque te queremos", ha dicho Chloe. "Venga, respira. ¿Te traigo algo? ¿Un botellín de agua? ¿Tienes hambre?".

¿Cómo iba a pensar en comer cuando todo mi mundo se me estaba desmoronando sobre la cabeza? "No, solo quiero irme a casa. Voy a llamar a mi madre".

"Lo entendemos, en serio", ha dicho Zoey con tristeza. "¡Esta noche está siendo una pesadilla!".

"Pero al menos podemos apartarte unas cuantas alitas de pollo para que te las lleves a casa. Ahora volvemos", ha dicho Chloe.

Bueno, la verdad es que un gran plato de alitas de pollo no sonaba nada mal.

"Gracias, chicas, me comería un elefante", he murmurado.

Me he quedado sola en el cuarto de baño, hecha un lío.

¿Qué podría haber causado que Brandon se mostrara tan BORDE como para dejarme plantada por móvil a menos de una hora del Baile de San Valentín?

¡MacKenzie!

Su plan había funcionado a la perfección. Brandon me había arrancado el corazón, lo había tirado al suelo y lo estaba pisoteando. ¡Tal y como ella quería! ¡Y ahora seguramente flirteaban ambos al ritmo de una lenta!

¡¡¡¡ARRGGGH!!!!

He cogido el móvil para llamar a mi madre, pero me ha interrumpido un estruendo. Eran Chloe y Zoey, que volvían corriendo como locas al cuarto de baño.

"¡Nikki!", ha chillado Zoey. "¡NO te lo vas a creer! Brandon ha venido a preguntarnos dónde estabas. ¡Dice que te está esperando!".

"¿Qué?". He asomado la cabeza por la puerta. "Será una broma, ¿no?".

"¡Te lo juro! ¡Me he puesto furiosa!", ha soltado Chloe. "Le he dicho: 'Pues ya puedes esperar sentado en el infierno. ¡Eres un tío repugnante, traidor y mentiroso que se supone que está en casa ENFERMO!'".

"¡Y espera y alucina! Ha dicho que no tenía ni idea de qué estábamos hablando", ha añadido Zoey.

"¿Cómo se atreve a MENTIRNOS a la cara de ese modo?", ha vociferado Chloe. "Entonces, le he dicho con toda la amabilidad del mundo: 'Oye, Brandon, a lo mejor una bebida fresquita te ayudaría a refrescar esa memoria tan embotada que tienes'".

"¡Madre mía! ¿De verdad le has dicho eso?", he preguntado. "Y ¿qué ha pasado luego?".

"He tenido que sujetar a 'Karate Kid' antes de que arrojara un vaso de ponche sobre la cabeza de Brandon y le diera una paliza", ha dicho Zoey mirando a Chloe.

CHLOE, LA "KARATE KID"

"¡Hala, no te pases!", le ha respondido Chloe. "Me estaba sirviendo una bebida y ha dado la casualidad de que Brandon estaba en mi camino, pero, vaya, lo que he estado a punto de hacerle no ha sido a propósito".

"¡Chloe, cálmate! Así no mejoras las cosas", la he regañado.

"¿Sabes cómo las mejoraría yo? ¿Qué te parece si le doy a Brandon 'sin querer' un puñetazo en el estómago?".

"Chloe, no puedes acercarte a alguien sin más y pegarle un puñetazo en el estómago", ha dicho Zoey. "No lo permite la ley".

"De acuerdo. ¿Y un golpetazo en la nariz? ¿O una patada en el trasero? ¡Se merece eso y mucho más!".

"¡Chloe! Estamos en un instituto, ¡no en *Los juegos del hambre*!", he gritado. "¡Quiero ir a mi CASA, no a la CÁRCEL!".

Chloe se ha calmado por fin. "Perdona, Nikki, he perdido los nervios", ha dicho en voz baja.

Pero yo ya no podía más.

"Mirad, chicas, esto es de LOCOS y yo tengo que salir de aquí. Voy a llamar a mi madre para que venga a recogerme. Pero la última persona con la que querría hablar, o ver siquiera, es Brandon".

"Sí, pues te aseguro que él tampoco querrá encontrarse CONMIGO", ha dicho Chloe, cerrando el puño y haciendo crujir los dedos.

"Vale, Nikki. Deja que Chloe y yo salgamos para comprobar que no haya moros en la costa y puedas salir tranquila. Ahora volvemos".

Me he mirado al espejo: qué desastre. Aun así, me he puesto dos capas de brillo de labios y he recogido todas mis cosas, incluido el valor perdido.

¡Tenía TANTAS ganas de salir de aquel cuarto de baño apestoso!

Chloe y Zoey casi tiran la puerta abajo cuando han vuelto a entrar.

"Nikki, ¡no te lo vas a creer!", ha vuelto a chillar Chloe.

He puesto cara de resignación. "Por favor, no me digas que has pegado a Brandon".

"Pues lo cierto es que NO. Pero GANAS no me faltaban, que conste", ha gruñido Chloe.

"¡Pero nos lo hemos vuelto a encontrar!", ha dicho Zoey sin resuello. "¡Dice que quiere hablar contigo!".

Me ha empezado a entrar el pánico. "¡Ah, NO! ¡Ahora ya no puedo hablar con él! No le habréis dicho por casualidad que estaba aquí, ¿verdad?"

"¡Claro que no!", han contestado.

"He hecho todo lo posible para que Brandon y yo fuéramos amigos. Después de lo del Crazy Burger, creía que ya lo habíamos resuelto todo. ¡Pero me rindo! Me ha hecho llorar, ha hecho enfadar a mis mejores amigas, ha arruinado el Baile de San Valentín, se ha cargado la poca autoestima que me quedaba y, y, esto... me ha vuelto temporalmente ¡LOCA!".

307

"Nikki, no digas eso de ti", ha dicho Zoey en voz baja. "¡TÚ NO estás loca en absoluto!".

"¡PUES MÍRAME! No solo parezco una novia zombi, sino que estoy sufriendo un ataque de depre total ¡en un váter! ¡y, para colmo, enterrada bajo un rollo entero de papel higiénico!".

"¡Madre mía!", ha bromeado Chloe. "¡Sí, estás LOCA!".

"Lo sentimos mucho, Nikki. No deberíamos haberte hecho venir al baile en contra de tu voluntad", ha musitado Zoey.

"No lo sintáis", he contestado. "Me convenía ver de una vez por todas la verdadera cara de Brandon. Lástima que no haya tenido la decencia de decírmelo él mismo, cara a cara".

"LO HARÍA si me dejaras", ha dicho una voz al otro lado de la puerta del cuarto de baño.

"¡¿BRANDON?!", he gritado. "¡Madre mía!".

"¡Yo no le he dicho que te escondías aquí, lo juro!", ha susurrado Zoey.

"¡Pues a mí no me mires!", ha gritado en voz baja Chloe. "¡Yo no hablo con mentirosos patológicos!".

"He llegado hasta aquí siguiendo a Chloe y a Zoey", ha dicho Brandon. "Nikki, ¿podrías salir un momento para que podamos hablar?".

"No tenemos nada de qué hablar", le he gritado. "Déjame en paz. Deberías haberme dicho que querías ir al baile con Mackenzie y me habrías ahorrado muchas penas".

"Nikki, TÚ me invitaste a este baile. Creo que me debes una explicación de por qué has decidido dejarme plantado", ha dicho Brandon.

"¡¿Qué?! ¡Yo no te he dejado plantado a TI! ¡Tú me has dejado plantada a MÍ! Pero no quiero hablar más de este asunto. Deberías estar en casa con gripe, ¡¿recuerdas?!", le he gritado desde el otro lado de la puerta.

"¡Vale, muy bien! Si tú no SALES, ENTRO yo", ha dicho Brandon.

Chloe, Zoey y yo nos hemos quedado atónitas.

"¿QUÉ DICE? ¿No hablará en serio?", he logrado exclamar.

No nos lo creíamos hasta que hemos visto cómo se abría lentamente la puerta chirriante y la cabeza de Brandon se asomaba.

Estaba colorado y se le veía bastante confundido.

NO podía creer que Brandon hubiera entrado en el cuarto de baño de chicas para hablar conmigo.

"No sé cómo he podido atreverme a entrar en el cuarto de baño de chicas, pero es que necesito hablar contigo, en serio", ha mascullado.

Chloe y Zoey iban a protestar. Pero creo que era tanta la vergüenza que estaba pasando Brandon que ha debido de darles pena y todo.

"Si me pillan aquí dentro, ¡me gano seguro un mes entero de castigo!", ha dicho mirando nervioso a todos lados. "Me da igual. Os pido disculpas por entrar aquí, ¡pero estoy desesperado!".

"De hecho, Chloe y yo ya nos íbamos", ha dicho Zoey.

"Yo NO voy a ninguna parte", ha dicho Chloe cruzándose de brazos. "¡No me perdería ESTO por nada del mundo! ¡Ojalá tuviera un cubo de palomitas y ositos de gominola!".

"¡Chloe! ¡Vámonos!", ha insistido Zoey.

La ha arrastrado del brazo hasta la puerta.

"¡AY! ¡Me haces daño!", ha protestado Chloe frotándose el brazo.

Chloe se ha dado la vuelta y le ha lanzado una mirada de odio a Brandon. "¡Eh, tú! Más te vale vigilar lo que haces. Estaremos al otro lado de la puerta. ¡Escuchando!".

"Esto, Chloe, no te preocupes. Estoy bien, de verdad", le he dicho para tranquilizarla.

En cuanto nos hemos quedado Brandon y yo a solas, me han empezado a sudar las palmas de las manos y a palpitarme el corazón.

"Nikki..., desde mi fiesta de cumpleaños te has estado comportando de forma un poco extraña", ha dicho Brandon, "y no entiendo por qué".

"¡¿YO?! Tú sí que te has comportado de forma

extraña últimamente", le he replicado mientras intentaba tragar el nudo que tenía en la garganta. "¡Y todos esos mensajes! Eran simplemente ¡CRUELES!".

"¿Mensajes? ¿Qué mensajes?".

"¡Ahora no finjas que no los enviaste!", le he dicho sin dejar de mirarlo. "Procedían directamente de tu móvil. Al principio no quería creer que le habías enviado a Mackenzie aquella foto espantosa de mí, pero ahora ya empiezo a dudarlo. Si quieres que dejemos de ser amigos, ¡dilo y punto!".

"Nikki, la que parece que no quiere que seamos amigos eres TÚ. Cambias cada dos por tres: en un momento estás bien y, al siguiente, enfadada. ¡Ha sido un mes de locos! Yo pensaba que tenía algo que ver con el Baile de San Valentín".

Me ha pitado el móvil y lo he sacado de mi bolso.

Volvía a ser otro mensaje de Brandon.

"¿Ves? Esto es EXACTAMENTE a lo que me refiero.

¡Ya estoy harta de tus mensajitos, la verdad!", he dicho señalando el móvil.

YO, PONIENDO A BRANDON EN EVIDENCIA PORQUE ESTOY CANSADA Y HARTA DE SUS MENSAJITOS DE MÓVIL TIRANDO A RAROS Y LIGERAMENTE OFENSIVOS.

"Esto, Nikki..., creo que tienes un problema. Yo he estado AQUÍ en el CUARTO DE BAÑO DE CHICAS hablando CONTIGO durante los últimos tres minutos".

"¿Que YO tengo un problema? ¿En serio? ¡Tú eres el tío que se ha metido en el baño de CHICAS! ¡Es evidente que el problema lo tienes TÚ! ¿Te has planteado seguir alguna terapia?".

"¡Nikki! ¿Cómo quieres que YO te haya enviado ahora mismo un MENSAJE?", ha preguntado.

"¿Ein?", he musitado mirando el móvil. Ahora sí estaba hecha un lío.

"Entonces, ¿QUIÉN me acaba de mandar este mensaje?".

He abierto el mensaje del móvil y lo he leído en voz alta: "Siento lo del baile. Pero acabo de toser y, al escupir una especie de mucosidad verde y espesa, me he acordado de ti".

Le he pasado el móvil a Brandon para que leyera el mensaje que me había llegado desde SU móvil.

Ha leído el mensaje frunciendo el ceño y negando con la cabeza.

"¿Se supone que este mensaje es MÍO?", ha preguntado. "¡Venga YA! ¿Tú crees que yo hablaría de algo tan vulgar como los mocos? ¿Y me has visto alguna vez utilizar un smiley? Siento mucho todo esto, Nikki".

"Pero, entonces, si todos estos mensajes no son tuyos, ¿QUIÉN los está mandando? Y ¿cómo es posible que procedan de TU móvil?".

"No tengo ni idea, pero lo que sí sé es que yo NO PUDE enviarlos porque perdí el móvil hace un mes. No lo he vuelto a ver desde mi fiesta. Como el hermano de Theo tiene un móvil igual al mío, creímos que se habría confundido y se lo habría llevado con él a la universidad".

¡Buf! ¡Menudo alivio!

De manera que Brandon NO había estado enviando todos aquellos mensajes tan raros durante el último mes. Con algo de suerte, hasta lográbamos salvar nuestra amistad.

"Bueno, eso suena mucho mejor, pero ¿por qué no me habías dicho que habías perdido el móvil?".

"Porque nunca me diste la oportunidad. La primera vez que no pude ir al Crazy Burger contigo fue porque Theo y yo lo estábamos registrando todo en busca del móvil. Intenté disculparme y explicártelo al

día siguiente en el insti, pero me mandaste a paseo",
¿recuerdas?, ha dicho.

"Vale, pues asumo mi posible parte de culpa en toda
esta confusión y te pido perdón. Pero ¿por qué
estabas con Mackenzie cuando hemos llegado?".

"Es verdad, al empezar la fiesta hablé un rato con
Mackenzie, pero fue ella la que se acercó, no al revés.
Me dijo que te habías quedado en casa porque tenías
la gripe y no podías asistir al baile".

"¡Para, para! ¡Yo he recibido un mensaje en el móvil
justo antes del baile en el que me decías exactamente
lo mismo! ¡Que TÚ tenías la gripe y no podrías asistir!".

"¡¿En serio?! ¿Y te has creído que NO iba a venir así
como así?", ha dicho Brandon.

"Sinceramente, ¡no sabía qué pensar! No quería
salir de casa, pero Chloe y Zoey me han
convencido. Y cuando te he visto al llegar junto
a Mackenzie, charlando, y que no estabas en
casa enfermo, ¡me he enfadado un poco!".

"¿'Un poco', dices?".

"¡Vale, sí! ¡Me ha dado un ATAQUE!", he reconocido.

"¿Ves? Yo ya sabía que tú no eras capaz de dejarme plantado así. Por eso les he preguntado por ti a Chloe y a Zoey. Zoey me ha mirado muy mal y Chloe se ha puesto como una moto y casi me tira un vaso de ponche por la cabeza. ¡Daba miedo!".

"Lo siento, es culpa mía. Estaban furiosas contigo por lo que he llegado a decirles de ti".

"Pues me sentiría mucho más seguro si ordenas a tus BFF que no se acerquen mucho a mí. En cualquier caso, me alegro mucho de que hayamos hablado. A ver si ahora todo vuelve a la normalidad".

"Sí, pero yo sigo sin saber quién se esconde detrás de todos esos mensajes y por qué han salido de TU móvil", he dicho. "Aunque la verdad es que sospecho de quién pueda tratarse".

"Yo también. Mi teléfono desapareció en el momento

en que Mackenzie se fue de la fiesta. Pero no tenemos ninguna prueba de que lo haya cogido ella".

Nos hemos quedado ahí, mirando el teléfono y estrujándonos el cerebro. Cuantas más veces leíamos aquel repugnante mensaje, más enfadados y frustrados nos sentíamos...

Hasta que se me ha ocurrido la idea más genial que he tenido jamás.

Era una broma perfecta y pondría en evidencia a la persona culpable.

Y lo único que tenía que hacer era enviar un mensaje por el móvil... a... ¡BRANDON!

* * * * *

DE NIKKI:

Hola, Brandon:

Ya sé que estás muy contento con la generosa oferta que te ha hecho Mackenzie en forma de donativo para el Fuzzy Friends, pero creo que te has pasado un poco comprándole en agradecimiento ese collar de diamantes en Tiffany. En cualquier caso, lo he envuelto tal y como me pediste, pero lo he dejado en el núm. 1.573 (detrás del instituto), que es donde merece estar. ¡Lo siento! ¡☹!

20:17 h.

* * * * *

Ahora lo único que teníamos que hacer era esperar a que el culpable picara el anzuelo.

Brandon me ha sonreído. "Nikki, ¡qué mala eres! Ahora que hemos aclarado todo este lío, ¿volvemos a estar... bien?".

"¡Sí, claro! ¡Está todo arreglado!", he dicho sonrojándome.

"Pues salgamos de aquí cuanto antes. ¡Los verdaderos amigos no permiten que los chicos se escondan en el cuarto de baño de chicas!".

Los dos nos hemos reído con ganas.

Chloe, Zoey, Brandon y yo hemos vuelto juntos al baile y nos hemos sentado a la mesa con Theo y Marcus.

Cuando les he contado a mis BFF lo de los mensajitos misteriosos y el móvil perdido de Brandon, no daban crédito.

Nos hemos puesto hasta el gorro de alitas de pollo. ¡Y las cosas más sofisticadas del catering también estaban buenísimas!

Costaba creer que una noche que había empezado tan mal pudiera acabar siendo tan... ¡maravillosa!

Pero, sobre todo, estaba SUPERcontenta de que todos nos volviéramos a llevar bien, como antes.

Había aprendido la lección. NUNCA JAMÁS volvería a dudar de la amistad de Brandon, me he dicho a mí misma.

"¡Oh, Brandon! ¡Por fin te encuentro!", ha gritado Mackenzie. "¡Te he estado buscando por todas partes!".

Se ha quedado bastante sorprendida de verme allí. "¡Oh, vaya, Nikki!", ha comentado en tono de burla. "¿Qué haces TÚ aquí? Pensaba que estabas en casa enferma, y la verdad es que se ve que algo te pasa porque tienes cara de ¡MUERTA! ¡Espero que no sea nada contagioso!".

Me he limitado a mirarla con fastidio.

"Por cierto, tengo una pequeña sorpresa para ti: al parecer, algunos de los que tú llamas 'amigos' han estado repartiendo copias de aquella espantosa

323

foto a tus espaldas. Quería avisarte. Con gente así, ¿quién necesita enemigos? En fin, te he guardado una por si la quieres colgar en tu taquilla". Y entonces me ha plantado un cartel en toda la cara.

"¡Arrancamos los carteles que TÚ colgaste! ¡Ninguno de mis amigos me haría eso nunca!", le he gritado.

"¿En serio?", ha dicho Mackenzie sin apartar la vista de... ¡Brandon! "Nunca se sabe en quién puedes confiar, ¿verdad, Brandon?".

"Mackenzie, ¡que mentirosa eres! ¡Brandon nunca haría algo así!", le he contestado.

Brandon estaba muy incómodo y ha mirado con cara de odio a Mackenzie, pero sorprendentemente me esquivaba la mirada. ¿Por qué actuaba como si fuera... culpable?

Mackenzie se ha reído. "¡Los estaba repartiendo entre la gente delante de tus narices!".

"Brandon, ¿de QUÉ está hablando?". Empezaba a ponerme otra vez muy nerviosa.

"Yo no tuve nada que ver con los carteles que forraban el instituto la semana pasada. Pero Mackenzie tiene razón, lo admito: este es mío...", ha dicho Brandon, avergonzado.

¡Me he quedado mirándolo alucinada! Justo cuando había decidido volver a confiar en él, ¡volvía a ser un BORDE total!

"¿Cómo has podido hacerme esto?", he gritado. "¡Solo me faltaba que hubiera docenas de copias de esa foto corriendo por el instituto!".

"¿'Docenas'? Marcus y yo hemos ayudado a Brandon a repartir al menos trescientas. ¡Esa foto es divertidísima!", se ha reído Theo. "¡Todo el mundo quería una!".

"Marcus, ¿cómo has podido...?", ha exclamado Chloe.

"¡Theo, eso es muy CRUEL!", ha replicado Zoey.

Me he levantado para irme. "¡Disculpad! ¡Ya he tenido bastante por hoy! ¡Me largo de aquí!".

"¡Espera, Nikki, nos marchamos contigo!", ha dicho Chloe.

"Vamos a por los abrigos", ha dicho Zoey resoplando.

"¡Dejadme que os lo explique!", ha rogado Brandon.

"¡Lo que hiciste NO tiene excusa posible!", he dicho regañándolo y aguantándome las lágrimas por quinta vez en una misma noche. "¡No tuvo ninguna gracia!".

De pronto, se han encendido todas las luces y el director Winston ha subido al escenario.

"¡Atención, todos! ¡Silencio, por favor! Ha llegado el momento de coronar a nuestra Princesa de San Valentín".

"¡Oh, cielos!", ha gritado Mackenzie. "Están a punto de anunciar quién es la Princesa de San Valentín. Creo que he ganado yo. Os tengo que dejar, porque me van a llamar al escenario. ¡Ya voy!". Y se ha marchado contoneándose. ¡Cómo odio ese contoneo de Mackenzie!

El director Winston ha continuado: "Antes de nada, quiero agradecer a nuestra profesora de matemáticas, la señora Sprague, su ayuda por ofrecerse a contar los votos del día. Y ahora es un honor para mí anunciar que la Princesa de San Valentín del instituto WCD es...".

"Mackenzie Hollister", he gruñido en mi interior. ¡SIEMPRE es Mackenzie Hollister!

"¡¡NIKKI MAXWELL!! ¡¡FELICIDADES!!".

¡Madre mía! ¡No podía creer lo que acababa de oír! ¡Me he quedado de piedra y con la boca abierta como un buzón!

Si no llega a ser porque Chloe y Zoey me tenían agarrada, me hubiera desmayado allí mismo.

¿Cómo era posible? ¿Por qué iba a votar alguien por mí, ¡la MAYOR PEDORRA de todo el instituto!?

Brandon se ha apartado el flequillo de los ojos y me

ha dirigido una de sus sonrisas ladeadas. Le ha dado
la vuelta al cartel y me lo ha pasado...

Es una pedorra
simpática
y divertida

¡Vota a NIKKI MAXWELL

para Princesa de
S. Valentín

¡Madre mía! ¡Casi se me salen los ojos de las órbitas!
Decía cosas bonitas sobre MÍ. ¿Por qué nadie se había
molestado en contármelo? Ahora entendía por qué hoy
todos cuchicheaban cuando se cruzaban conmigo.

"Rogamos a la señorita Nikki y a su pareja que
suban al escenario", ha dicho el director Winston.
"¡Tenemos un obsequio especial para ti, jovencita!".

Entre las aclamaciones de todo el alumnado (bueno, "de todo" sin contar a Mackenzie, que no hacía más que mirar su móvil), Brandon y yo nos hemos ido abriendo paso hasta el escenario.

Me he sentido como en un sueño. He abierto poquito a poco la caja blanca y... ¡dentro había la tiara más bonita que haya visto jamás!

¡Madre mía! ¡Brandon era el acompañante perfecto!

Hasta me ha ayudado con la tiara.

Bueno, es un decir, porque me la ha puesto torcida...

Pero ¿Y QUÉ? La intención es lo que cuenta.

Después, todas las parejas del baile han posado para que les hicieran una bonita foto de recuerdo. ¡Parecía que estuviéramos en el baile de promoción de los mayores!

¡CHLOE Y MARCUS! ¡☺!

¡ZOEY Y THEO! ¡☺!

Y, cómo no, también...

¡BRANDON y YO! ¡¡☺!!

¡Creo que todos hemos quedado superbién en las fotos!

Luego, gracias a Jordyn, hemos descubierto POR FIN la identidad de la persona misteriosa que había robado el móvil de Brandon y me había enviado aquellos mensajes...

¡HALA! ¡MIRAD AHÍ AFUERA!

Claro que no nos ha sorprendido lo más mínimo...

"¿DÓNDE ESTÁ EL REGALO DE BRANDON?
¡¡TIENE QUE ESTAR POR AQUÍ!!".

Luego han bajado las luces y han iluminado la bola de espejos para poner una canción lenta. Brandon no me quitaba la vista de encima. Luego se ha aclarado nervioso la garganta.

"Bueno, Nikki..., hace rato que te quería decir que estás... esto, ¡¡completamente...!!". Tenía la boca abierta pero no le salía ni una sola palabra.

"¡Gracias!", he soltado. "¡Y yo te quería decir que estás más que guapo!".

"¡Gracias!", ha contestado Brandon tímidamente. "Esto..., ¿qui-quieres...?". Ha señalado hacia la pista de baile.

"Sí, me encantaría", he contestado dándole la mano.

Hemos bailado, reído y dicho mil tonterías hasta el final de la velada. Bueno, podrían parecer tonterías pero nosotros nos hemos entendido perfectamente.

¡He pasado el rato más dulcemente EXTRAÑO y desquiciadamente BONITO de toda mi VIDA!

338

Me sentía como la princesa de mi PROPIO cuento.

Y Brandon era mi príncipe azul y un amigo muy enrollado. Estaba teniendo, por fin, mi escena PEDORRA y hubiera querido que durara una ETERNIDAD.

¡Hasta que he recordado que la mayoría de mis cuentos favoritos terminaban con el príncipe y la princesa dándose un BESO romántico!

Y, claro, ¡me ha entrado un PÁNICO total durante todo el último baile! Y ¿sabes qué ha pasado? ¡Madre mía! ¡Estaba tan nerviosa que casi me hago pis encima! (¡Y no hubiera sido la primera vez, ni definitivamente la última!)

¡Estoy megaimpaciente por contarte TODOS los detalles de lo que ha pasado! ¡¡YUJÚUU!!

¡¡MAÑANA!!

¡Lo siento! ¡Soy tan PEDORRA!
¡¡☺!!

Rachel Renée Russell es una abogada que prefiere escribir libros para adolescentes a redactar textos jurídicos. (Más que nada porque los libros son mucho más divertidos y en los juzgados no se permite estar en pijama ni con pantuflas de conejitos.)

Ha criado a dos hijas y ha vivido para contarlo. Le gusta cultivar flores de color lila y hacer manualidades totalmente inútiles (como un microondas construido con palitos de polos, pegamento y purpurina). Rachel vive en el norte de Virginia con Yorkie, una mascota malcriada que cada día la aterroriza trepando al mueble del ordenador y tirándole peluches cuando está escribiendo. Y, sí, Rachel se considera a sí misma una pedorra total.